◎ 袭东风稀世俊美 · 韵天成才情旷古

林黛玉

◎ 停机德枉自人赞·挂金锁也是徒然

薛宝钗

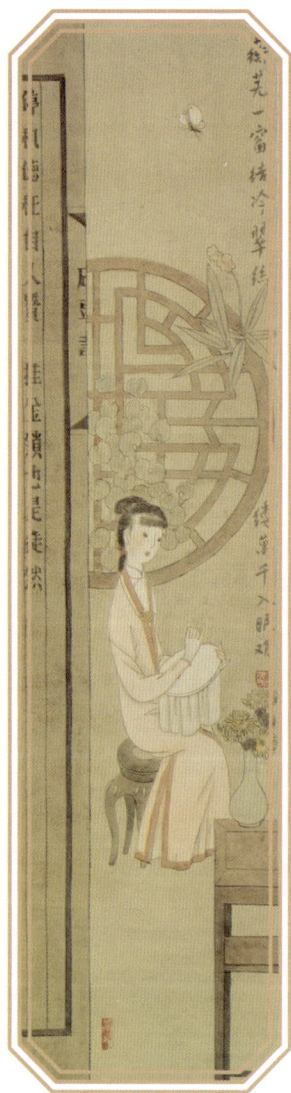

态可掬包红泪终是奇芳敬画时

◎ 芍药裀榥启秋波·芦雪广勇夺魁首

史湘云

◎ 晋妃才得省亲至·未料正是衰运来

贾元春

◎ 参因果失母丢婢·遇属狼花落人亡

贾迎春

○ 秉正气曹侯另席 · 惊风雨脂砚挥泪

贾探春

失孤介锦绣全抛·挥青丝缁衣独卧

贾惜春

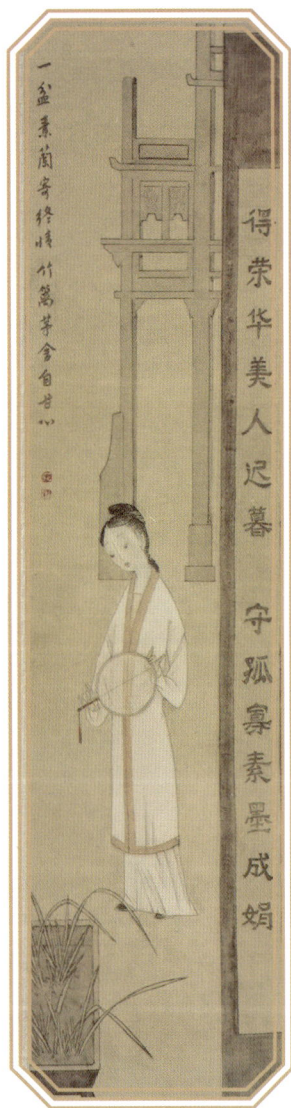

得荣华美人迟暮·守孤寡素墨成娟

李纨

彩绣辉煌终是假 小才用尽一场空

身後有餘忘縮手 眼前無路想回頭

◎ 身后有余忘缩手·眼前无路想回头

王熙凤

◎ 乱人伦命绝天香 · 托遗嘱顶戴无光

秦可卿

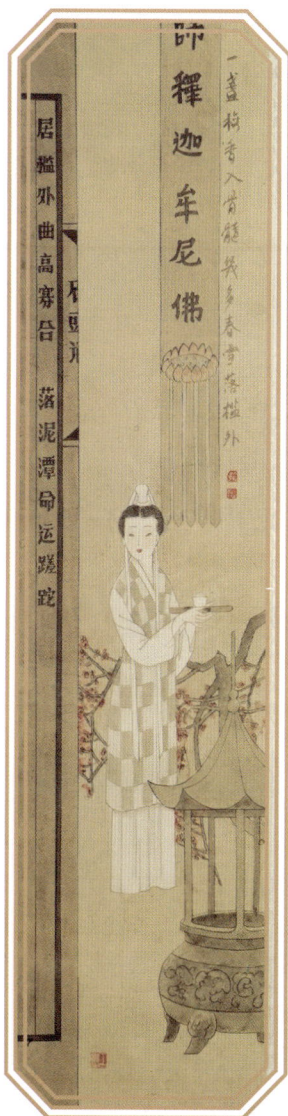

居槛外曲高寡和·落泥潭命运蹉跎

妙玉

◎ 居襁褓幸遇姥姥 · 定村居方得平安

巧姐

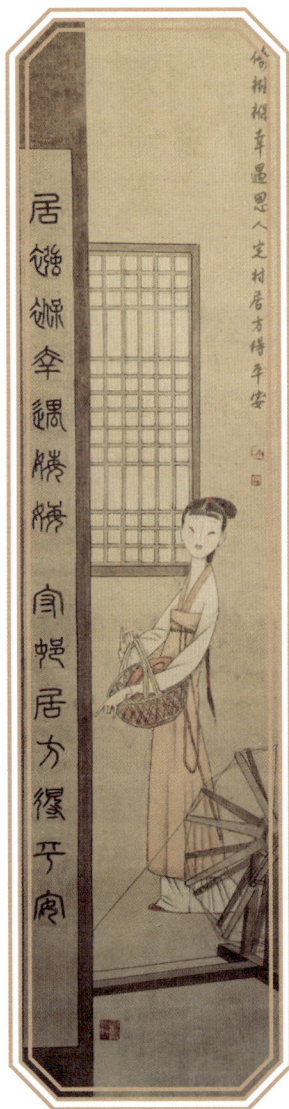

茶余酒后之

红楼漫谈

菡萏——著

哈尔滨出版社
HARBIN PUBLISHING HOUSE

图书在版编目（CIP）数据

茶余酒后之红楼漫谈 / 菡苕著 . — 哈尔滨 : 哈尔
滨出版社 , 2021.5
ISBN 978-7-5484-4836-5

Ⅰ . ①茶… Ⅱ . ①菡… Ⅲ . ①散文集 – 中国 – 当代
Ⅳ . ① I267

中国版本图书馆 CIP 数据核字 (2021) 第 041305 号

书　　名：**茶余酒后之红楼漫谈**
CHAYU-JIUHOU ZHI HONGLOU MANTAN

- -

作　　者：菡　苕　著
责任编辑：赵宏佳　孙　迪
特约编辑：李　路　张逸尘
封面绘画：庚　口
装帧设计：秦　强

- -

出版发行：哈尔滨出版社（Harbin Publishing House）
社　　址：哈尔滨市香坊区泰山路 82-9 号　邮编：150090
经　　销：全国新华书店
印　　刷：三河市华晨印务有限公司
网　　址：www.hrbcbs.com　www.mifengniao.com
E-mail：hrbcbs@yeah.net
编辑版权热线：（0451）87900271　87900272
销售热线：（0451）87900202　87900203

- -

开　　本：880mm×1230mm　1/32　　印张：6.625　字数：150 千字
版　　次：2021 年 5 月第 1 版
印　　次：2021 年 5 月第 1 次印刷
书　　号：ISBN 978-7-5484-4836-5
定　　价：69.80 元

- -

凡购本社图书发现印装错误，请与本社印制部联系调换。
服务热线：（0451）87900278

雌雄合体的《红楼梦》

那天去看画展，冒着雨。雨点儿有点大，"嘭嘭"地落在格子伞上，丝质的衣袖很快湿透了。路过一所学校，空荡荡的，远远飘来隐隐的乐声，渐次清晰明朗起来。是《梁祝》。我站下，在雨中，校园里一个人都没有，满是寂寞的雨丝和忧伤的旋律。多少年了，那时每天摆弄黑胶唱片，常放这支曲子，它和红楼曾是我的最爱。

那时年轻，二十来岁时看红楼，还时常跑到楼下的图书室，找一些牛皮纸包的续书来看，边看边在心里抱怨。有本续书说："宝黛结缡，新婚之夜，宝玉发现黛玉胸前有颗明珠，方知他们果真是一对儿，'珠玉良缘'才是真正的良缘。"

俗且扯淡。

那时觉得自己什么都懂，且振振有词。后来光阴低落，不大看《红楼梦》了，但生活时时印证它，越发觉其珍贵，人性且地道。偶有想法也会记录下来，于是便有了这些零碎的文字。所以读的是红楼，更是自己的成长史。通晓世情百态，也就通晓了它。

这本书是我的第二本和有关红楼的小书。以前的也只是以前的，我希望有一天自己能够忘掉。思绪是变化的，似流水，不断向前，不断推翻。

珍爱当下，把灵光一闪的念头养大在纸上，边写边思考，是件奇妙之事，也是喜欢之事。很多朋友想写出纪念碑式的作品，那不是我。这个世上能被我记住的只有情义，而非才华。才华有时是个弹性概念，被很多人涂抹过。所以我更喜欢清屏，快乐和富足来自生前；当肉体消失后，将谢绝一切挂念。文字也只服务于自己狭小的内心，谢绝一切伟大高标的名目，谢绝一切超出自身范畴的东西。不喜欢冠冕，倾慕的只是些自然生发之事：阅读思考，吃饭睡觉。人世间的事都很普通，田里的瓜、天上的星，皆自带光芒。《红楼梦》亦然，能平静地流淌到今天，靠的是内质的力量。

　　出书也是件平常之事，不服务于任何名目，无非文字水源的积攒和对键盘下流走时光的回顾。一杯水满了，再续上一杯，如果能帮口渴的人润润喉，可以说是莫大的福焉。思想的积蓄颇为缥缈，说厚不厚，说薄不薄，并不能承载太多。能活在暗处，极舒服也极自在。有些东西很轻，重不过自身走路的风响。行走在自己道路的里程里，更有益对一本书原始的体察。

　　画展里的画很前卫，除几幅眉眼明朗外，余者皆是花胡子。恣意堆积与涂抹，像群迷了路的孩子，挂在那儿。极少有人承认自己看不懂，皇帝的新衣，谁敢说破。抽象，玩儿色彩，潮流，一个人的呓语。

　　我挺喜欢吴冠中的，不单缘于他的作品，更因其为人。他敢说真话，那些掷地有声的声音太稀缺，简直是金子。

　　就像二百多年前的社会，买卖个丫头算得了什么，是再正常不过的事。即便现今之人，也觉其正常，用一句"那个时代"便概括了。那个时代就真的不同了吗？人就不是人，就没正常思维、善恶观念了吗？不是的，得蒙着、昧着良心。一旦整个社会畸形了，大家也就心安理得、习以为常了。当夏金桂闹时，薛姨妈张口便说："找个人牙子来。"她想把香菱卖了，就这么简单，像赶头猪。现在不也有人贩子吗？只是有了法律，坏事儿收敛多了。所以，红楼里薛姨妈的慈，是有局限性的，带有反讽意味。无视生命，便是最大的恶！

二

红楼是本既浅也深的书，藏和露恰到好处。浅到吃喝拉撒睡，日常对白；深到无穷尽的猜疑和遮蔽。所以，曹雪芹是个精神物种，他的思想，隐匿在最简单的日常里。那些精致的园林，讲究的吃、喝，人事的复杂都是烟雾弹。曹雪芹不是肤浅的阔佬，靠秀昔日家族的辉煌而刷存在感的，他是痛苦的，在找寻一条岔径，超越精神上的苦难。

曹雪芹又是一个隐形的民主主义者，推崇自由平等，是个有单纯信仰的人。眼中无沙子，没势利，用几近清水的目光注视这个世界。他写宝玉，写的也是他自己。此书能在当时的语境下脱颖而出，虚拟一个精神高度，是不简单的。曹雪芹动了不少笔墨、脑筋和艺术力量，手法是多重的，是本含蓄且宽泛的书。同时又以最简单的吃、喝、拉、撒、睡的形式出现，既是婴儿宝宝，又是沧桑巨人。

有朋友划分文学概念，只有格之高下，并无纯俗之别，分读不懂和读得懂的两种，即为探索性和通俗性的。我深以为是，窃以为红楼恰恰是介于两者之间的"雌雄合体"，好读与不好读兼而有之，属特例。它让许多书惭愧，不似后现代主义，上来就看不懂，故我们在向西学借鉴的时候，可以适当回归本土，躬身于红楼，汲取更深的营养与写作技巧。

红楼的好是阶梯性的，如江陵马山一号墓出土的战国丝绸，每剥及一层，都有不同的美。这种美丽，便是魅力。所以，年逾八旬挂着拐杖的沈从文先生，来到荆州博物馆，面对一地华丽丽的丝绸时，当即就跪下了。《红楼梦》同样是值得我们跪下去的一部书，令无数爱好者研读者为之倾倒、前仆后继的一部书，好的东西是不朽的，不受时光约束。

它可以以连环画的形式出现，益智孩童，让一些经典场景深入人心；也可以作为文学领域研究的课题，在国际上享有一席之地。从最初的诗词爱情、园林建筑、居室陈设、用品用具、人物关系、人性挖掘，到宗教信仰，以致于生命的疑惑，上升至哲学层面，都无可厚非，它是美的。试问天下哪一部书能够做得到？

故步自封是件可怕之事，甚至是毒药。若只通晓里面几个人物、几处场景，便算读过红楼，那就是大错特错了。每个人走不出的是自己的窠臼，红楼的好，就是包容着我们的无知。

哲学是文学的终极命题，并不深奥。相反其是朴素的，是人类的思想史、进步史，是不断拷问的过程。但它的诞生却是极其艰难的，哲学比宗教更理性，更坚持真理。宗教让你去信，而哲学让你不信或明白为何信。

三

《红楼梦》到底写了什么？可以明确地说，红楼只写了一个人，那就是贾宝玉。尽管脂砚斋曾说："盖全部之主，惟二玉二人也。"但《红楼梦》绝非一本爱情典籍。黛玉、宝钗、湘云，以及里面几百号枝蔓的人物，均为宝玉这一角色服务。他要借他们的嘴巴说自己的话，也要靠他们营造自己的生活领域、成长环境。

《红楼梦》最重要的一节在第一回，第一回完了，全书也就基本结束了。此非危言耸听，第一回是总纲，有完整的出发与回流。从宝玉出生，下世为人，到折回大荒山无稽崖青埂峰下，带回满身故事，然后编纂问世，脉络清晰完整。后面的章回，皆为此服务，起补充、展现、回填、丰盈的作用。黛玉是其爱情的一部分，宝钗是其婚姻的一部分，其他人物，都是他生命里的一部分。红楼虽口口声声为闺阁立传，但终其还是一个男人的思想史，只是这个男人的眼里只有女人。这些女人，恰恰是这个男人精神世界的折射。

然而，第一回恰恰又是被许多读者忽视跳过、不耐烦的回目。连脂砚斋都说："读来不厌，至后方好看起来。"脂砚斋非曹雪芹，也许清楚曹雪芹的故事，但不见得体察其用心。《红楼梦》是本关乎信仰的书。宝玉下世，是由渺渺真人、茫茫大士度化的，和尚道士联袂杜撰的一出戏。渺渺茫茫，为不确定之意。也就是说，宝玉的出生是带有佛道两家力量的，他不是什么宝玉，只是一块儿顽石而已，这是最重要的。他于人世经历了一番荣华富贵，离愁别恨后，又回至青埂峰下。至于到底经历了什么？第一回已做出明确回答：因空见色，由色生情，传情入色，自色悟空。这十六字，是后面所有回目的概括提炼，从空至空的过程。"白茫茫大地真干净"，白茫茫是物的空，更是心的空。

我们都知道《红楼梦》的作者是曹雪芹，它还有个名字叫《情僧录》，即一个僧人录下的文字。情僧便是作者，而情僧是由空空道人转化而来的。空乃无情，抄完红楼这本书后，他又有了情，可见情是斩不断的东西，遂更名为情僧。所以作者本身是个矛盾体，在自己的思想斗争中不断前行。那空空道人又是谁呢？空空道人便是宝玉，那个看遍繁华的落幕者，这些都是彼此关联的。是不是真实生活中就有这么个人，一会儿是道士，一会儿是僧人呢？不是的，只是作者精神外化的一种形式，他既没当道人，也没做僧人，最后依旧没走出情的壁垒。所谓的情僧，是指有感情的僧人，介于人、僧之间。这是作者最后给自己的定位。

所以，《红楼梦》还有两个书名，一是《石头记》；二是《情僧录》。《石头记》属前期，《情僧录》为后期，一个制作过程，记、录本为一体。石头便是情僧，也是成长过程。它们把红楼一劈为二，一为仙界，二为人世。石头是曹雪芹的精神钙质，空灵的一部分；情僧是曹雪芹的现实心灵体态，最后的归结。当年石头因堕落情根，未被入选。"情"始终贯穿着作者的命脉，《红楼梦》由石变人，点石成金。《石头记》《情僧录》合二为一，方是《红楼梦》，单用哪个书名都有失偏颇，所以它必须是《红楼梦》，这样才完整。

四

红楼是本构思精妙，集思想与艺术大成的书。看一部书，评一部书，皆自我眼光，如果不能有新的看法或思想生成，均属无效功。一个写者猎取的不是单纯的知识，而是为这个世界可以提供的消费观点。一本被无数学者研究"烂"了的书，无疑在考验一个人的智力和见识。就像陈述历史，哪怕你的语言再好，若没新锐的观点诞生，也只等同于搜索引擎的功能。独立之见，方是珍贵之光。一个写者，你的眼光必须得有超越性。要写别人没写、没见之物，最乏味之事便是复制，如行画，那样的悬挂，满足自己可以，与艺术并不搭界。

看红楼，不要迷信专家。一位学者解读红楼时，赞王熙凤呕心沥血，廉洁奉公，倒贴云云。这明显是误导，并非理解的不同，而属逻辑与常识错误。尽管 1927 年蔡元培曾在给寿鹏飞的《红楼梦本事辨证》的序里说："多歧为贵，不取苟同。"但胸怀不是真理，有时需要坚持个见。至少没弄明白，贾府的财政制度，人事格局，小家与大家，公账与私账，个人人情与家族人情一系列事物的分野，所以才妄下结论。对红楼的理解，便是对生活的理解，学者同样受自身生活局限，不见得通晓大众心理。

站得高，方能看得远。若想释透红楼，只纠缠几个人物的命运和性情，无疑是狭隘的，不过是自身那点儿喜好的放大，带着低劣的片面性。红楼有自己的精神导向，是作者突破自身重围的一部书，也是一个人的困惑史。什么能救他，是儒道释吗？非也！他撕书，已表明立场，他是反儒的。那个等级社会，并没给他以清晰的视线，相反是浑浊的。他曾被佛家吸引，一知半解地了悟，想当和尚，赤条条来去无牵挂，不止一次。他还迷恋过道家，崇尚清纯的自然之光，这也是他喜欢黛玉的原因。但这些并没给予他真正的安慰，如马道婆、王一贴、静虚老尼、迎春的境遇。迎春是道家的追随者，她看的《太上感应篇》是本道教善书，最后还是被那个社会吃掉了。所以，曹雪芹不断毁僧谤道，直至最后，他所信奉的神灵并没出现。

荆州的西门外，有座太晖观，朝圣门的围墙内壁上刻有五百灵官，囊括达官贵人、贩夫走卒、乞讨者，各行各业人士，即众生相。宗教是讲平等的，但这种平等是虚弱的，只是一种趋善的愿望，饱和个体可以，调配一个社会却力不从心。谁都知道那个死板的等级社会并无真正的平等可言，贾府就是个例子。平等靠的是生产力的解放，科技时代的到来，理性思考，哲学和制度的力量。

曹雪芹很天真，想构建一个乌托邦的理想王国，缩小版的干净社会，修了一座纸上大观园。设计了有洁癖的妙玉，她避祸于此，被权贵不容；还描摹了黛玉，另一个干净载体，她葬花，怕花污；而宝玉担心的则是众女儿，排斥大观园以外的场景。他们均有洁癖，且层层递进。妙玉净自身，黛玉波及物件，宝玉波及他人以至社会。三玉一体，是个链条，外延不断扩大，有共同的价值取向。但在常人眼里，他们是有病的，均属另类。他们真的病了吗？还是当时的社会病得不轻，到了不得不医治的地步。

历史回答了这个问题。

另外，在十二钗中，四个寄居贾府的外系，宝钗、黛玉、湘云、妙玉，均和主人公宝玉有着千丝万缕的联系，参与并影响着他的命运，以及情感生活，否则作者没必要书上一笔。

宝玉说男人是污浊的，女子是清洁的，这不是一个小孩幼稚的想法，而是一个成熟男人深思熟虑的结果，旨在表明那个男权社会的肮脏。今天来看，他的认识都是清醒且深刻的。宝玉没病，病的是那些深陷病中，却毫无知觉、麻木了的人们。

黛玉为何说鹡鸰香念珠是臭男人拿过的东西，掷而不取。她的父亲不是男人吗？男人真的臭吗？是作者借黛玉之口，骂那个男权社会。为何作者把宝玉设计的不男不女，曹雪芹本人是这样吗？曹雪芹很男人，"身胖，头广而色黑，善谈吐"。裕瑞在《枣窗闲笔》中记载前辈姻戚见闻，曹雪芹曾说："若有人欲快睹我书不难，唯日以南酒烧鸭享我，我即为之作书。"可见曹能吃、能喝，又能说。而红楼里的宝玉却面若桃瓣，即便少年色嫩，相信也有作者故意为之的成分。所以《红楼梦》是本小说，"打破自古以来的写法"，打破原有故事情节，叙事结构，甚至震碎思维框架，幻影移形写的一部书。当然那时还没有《哈利·波特》中魔法世界的咒语。我们没必要非得和现实意义上的人或物对号，在绘画上，那叫死抠。在一个男人高高在上的男权社会，却想当女人，不能说不奇葩，也见他对当时社会厌恶至极点。

宝玉的眼里是没阶级的，他用清水般的目光看待这个世界，反思所处的文化背景，在儒、释、道的围墙里不断穿行。曹雪芹是个先驱，是那个时代最早的觉醒者，这无关政治，是人性的自觉和光芒使然。就像胡适开创白话文之光，又如蔡元培第一次到北大出任校长，对校役那深深的一躬，代表的不仅是自身修为，更是一种文明进程。他们曾走出国门，受西学影响，而宝玉居于笼中，却早于两百多年前就开始反思传统文化，能说他不伟大吗？所以那些不喜宝玉，说他好色、女性化、不喜读书者，皆一孔之见。

宝玉的性别意识在那个男权社会，是作者故意模糊掉的，成为一种文化符号的代表。他亲近女人，非好色，而是向平等文明的过渡。他不是男人，也非女人，他是人。说他不喜读书，要看读的什么书。如果承认宝玉是作者的最初原型，他不读书，焉有《红楼梦》的问世，又怎会出口成章，有独立之思维，只不过他读的是自己喜欢的书——大观园内的禁书，烧的是他眼中的垃圾。所以他与宝钗格格不入，不在同一精神层面。他排斥儒家，迷过道家，走向佛家，但均未找到精神出口，最后回归现实，开创自己的纸上世界。

于红楼想说的很多，作者塑造了这么个人，在黑暗里，擦亮一根火柴，照着自己温暖的脸，也映着那个羸弱的社会。

说红楼雌雄合体，不仅因其写作技巧，集通俗、高雅为一体，还因其反映了男权社会的孤单。红楼恰到好处地做到了优雅的平衡。打开一束新的目光，时间就在外面，且一步步验证了它，这便是它的好。

载于《红豆》2020 年第三期

目录 Contents

- 第一辑 -

红楼梦里的三关

有朋友说《红楼梦》是本可怕的书，越读越会发现自己的无知，的确如此。起初，皆从浅阅读开始，纠结的无非是一些表象。随着阅读的不断深入，这件美丽的"深衣"，才得以打开。无论是思想性还是艺术性，在中国文学史上都堪称巅峰，这点是毋庸置疑的，知识储藏量也颇为浩瀚。

《红楼梦》到底写了啥？这是要思考的。细分析可发现，《红楼梦》涉及三关，即人与人的关系、人与物的关系、人与自己内心的关系。这也是很多文学作品要表达又走不出的窠臼。能写得如此传神透彻，枝蔓广博，内核坚实的却很少，也是读者喜欢它的原因。

一

每个人存活于世，皆非真空。作为独立发热的个体，你有你的爹娘，他有他的兄弟姐妹，这便是血缘。小家庭以此为基础，大家族也由此派生，作为纽带，族与族之间，还可以形成更庞大的关系，不仅达到生养目的，还可扩充自身实力，即是联姻。这也是权贵间互联最简单的手段，贾、王、史、薛均处于这样的范畴中。它们互相渗透，彼此融合，一荣俱荣，一损俱损。

在四大家族里，薛家没落最早，出场便投靠他人。书里虽写得暧昧，却是掩盖不了的事实，凡涉及薛家，只用一个字便概括了，那便是"倚"。第四回，薛家面世，薛蟠打死冯渊，原告就用了"倚财仗势"四个字，是金陵一霸真实的写照。作者在此极力一描。及至他们全家进京，住于贾府，脂砚斋曾批"舅氏官出，惟姨可倚"。因王子腾外升，而转投王夫人这。至薛蟠调戏柳湘莲，被柳湘莲暴打，宝钗劝其母不要兴师动众，免得落人话柄，恐有依靠亲戚之势等语。后来夏金桂也有此话，此乃薛家结症，有钱无人，江河日尽。薛蟠草包，不能独撑门户，精神、能力都缺钙，故寄人篱下。

先是住在梨香院，后来建大观园时，这一处被扩了进去。他们另移他处，就是不走，一住很多年。从第四回一直到第八十回，包括薛蟠娶亲，以及薛蝌、宝琴进京均在此。这是极其不符合常理的，即便当初主人出于客套，留上一留，以后终有个自己的打算方是长策。所以，金玉良缘的出现一点儿都不稀奇，唯有女儿嫁给贾府，方顺理成章、长长远远，这便是企图。

贾府是个液态容器，四大家族均容身其中。最高统治者贾母系史家的女儿，王夫人和王熙凤是王家女儿，皆为正室。宝玉后来娶了宝钗，薛家的女儿。贾家重要的女主人，均来自其他三个家族。众所周知，女主人是一个家庭的半壁江山，虽是嫁过来的，却在内帷说了算。尤其在丈夫不在、儿子长大成人后，便是太上老君，地位相当牢固，贾母便是如此。尽管王夫人有时私下做点儿小动作，但内心尚惧贾母，比如袭人的升迁，晴雯的病死，皆属暗箱操作。即便像邢夫人那样没儿没女，又是填房出身的，也有一定的地位和权利，并得到尊重。封建社会崇尚等级制度，自有它运转的一套法则。

在贾府，王家是非常重要的一环，不仅王夫人嫁了过来，她的内侄女王熙凤也嫁了过来，此乃连锁反应，属裙带。王熙凤虽是大房贾赦那边的儿媳妇，却在二房贾政这边儿当家。这还不够，随着薛家的介入，他们的雪球越滚越大。薛家和贾家并无关联，从中起杠杆作用的还是王家。因薛姨妈是王夫人的胞妹，这才扯上了关系。

薛家所谓的仗势倚人，仗的便是薛姨妈娘家的势，不仅包括王子腾，还包括贾府。所以，贾雨村乱判葫芦案后，赶紧给贾政修书一封以示好。可以说，贾雨村的那顶乌纱是贾政替他谋的。因贾雨村是林黛玉的老师，林如海从中斡旋，他才得以依附门生，攀上贾府这艘大船，自降一格，结了宗侄关系。也由于这层关系，他因私废法，负了甄家当年的情义，致使香菱身世湮没，永无归期。

贾雨村是个重要人物，在前五回有两次起发。第一次因甄士隐资助，入春闱，中了进士；第二次由林如海、贾政帮忙复职，候补上应天府。他因第二次负了第一次，不全是报贾政之恩，而是贾、王、史、薛的力量太大，金陵地方长官的这项乌纱需靠他们来保。门子说得好，保不成，还得死，可见"护官符"的厉害。贾雨村能负甄家，便能负贾家，甄、贾本是一家。他是奸雄，极会审时度势。甄家本是贾家的前奏预演，贾府最后的没落和贾雨村脱不了干系。

由此可见，人与人的关系多么复杂，属人情社会的蛛网，纵横交错，绝非表面看到的那一点点。

史家的女儿若何，我们是知道的。以贾母为例，四春随其长大，颇有教养。宝玉也是，黛玉进府也是。贾母像个老母鸡，领着一堆小鸡娃，极尽疼爱。贾环就不一样，由赵姨娘带大，他身上能看到赵姨娘的影子和心性。王家不管出身如何，海牙子经商也好，权贵也罢，反正疏于教育。王夫人和王熙凤都没文化，这点书中一再点明，刘姥姥进府行酒令，王夫人的诗词句话由鸳鸯代劳。

她们的行事作风也极尽泼辣，书中主子打人，王夫人是一例，嘴巴子扇得又脆又响；王熙凤更是顺手，拔下簪子就能乱戳。清虚观打醮，一巴掌就把小道士扇了个跟头，脸当时紫胀起来。又快又狠，是个惯家，且爆粗口。像王熙凤这样一边蹲着门槛子拿耳挖子剔牙，一边叉腰骂人的行径，在"四春"[1]身上绝对看不到，也不屑。探春虽为庶出，亲生母亲不着调，王熙凤敢欺负，但对她还是忌惮三分。一是探春大气，光明磊落；二是探春有见识，有思想，有文化，心理层次比她们高出数倍，压根儿不在同一水平线上。

刘姥姥和贾府没任何关系，她到贾府打秋风也是源于王家。因女婿祖上曾和王家连过宗，不得已想出这个法子，属拐弯抹角的亲戚，尚属王家那头。贾母称其为亲家，林黛玉也说这是哪门子姥姥，此乃实话。若姥姥是别人家的姥姥便没这般顺畅，王熙凤不会前倨后恭。她对姥姥好，是存有私意的。

凤姐这个人，和许多女人一样，凡娘家的都好，有通病。时时不忘炫娘家的富，此乃她的缺处，为其俗气的一面。机密之事均找娘家帮忙，张华事件便是一例。书中写得讽刺，巧姐最后被舅舅卖掉，王熙凤自己打了自己的脸。他们王家的人不是人，叫王信、王仁，乃亡信、亡仁也！都不是好东西。由于王夫人是宝玉的母亲，作者下笔谨慎，写得尚有保留。

抄检大观园，是非常重要的回目，也是贾府日暮西山的正式开始。

---

[1] 四春即贾元春、贾迎春、贾探春、贾惜春。

来抄检的，除王善保家的和王熙凤外，余者为五家陪房。王善保家的也是陪房，只不过是贾赦那边邢夫人的陪房。而这五家，周瑞家的、吴兴家的、郑华家的、来旺家的、来喜家的都是王夫人和王熙凤的陪房，可谓心腹。何为陪房？陪房是女主人嫁过来时，从娘家跟来的仆从，有整房带过来的，像旺儿一家；有单个带来的，像平儿那样的随身丫头。书中说得明白，还有几房在南方执事，即在府的全调动了。周瑞家的是其一，属宠奴，为王夫人的嫡系。王熙凤也信任，她们是通的。第六十八回中，王熙凤至花枝巷见尤二姐，跟去的也是这几个人。可见陪房的重要，身处核心地位，贾府甚至成了她们的天下。

大观园虽住着众多姊妹，但真正的主人，只有宝玉、探春和李纨。其他的像迎春、惜春、黛玉、宝钗、湘云等人皆属寄居。其中迎春、惜春近些，属大老爷和贾珍那边儿的。一路查抄很顺利，到探春那就卡住了。探春神通广大，早有人给她通风报信，可知世上之人，并非都是她们买下的。

探春明火执仗，大门洞开，严阵以待。且不准搜她的丫鬟们，说自己最毒，是头一个窝主，凡丫鬟偷的东西均放她这儿，要搜就搜她的。命令丫鬟把她的妆奁、衾袱、衣包统统打开。这就变得很尴尬，谁敢搜她的？！她是堂堂的贾府千金！在过去的大家族里，未出阁的小姐异常尊贵，坐着吃饭，娶进门的媳妇得站着伺候，多年才能熬成婆。探春深谙此道，看她们如何行事！平儿也就帮着关的关，收的收。凤姐也赔笑道："既然全在这儿，就不必搜了。"探春还不依，步步紧逼，警告她们，要是回去说没搜，可不答应。又声泪俱下地肆意挥洒了一番，根本没把王熙凤放在眼里。抄检大观园一节，是很重要的回目，充分显示了各位主人的性情和地位。尽管李纨、宝玉、探春都是主人，因宝玉的懦弱，李纨的息事，均被抄检。也由于探春的好强和凛然大义，而没得逞。

有一点被读者忽略了，探春反感的到底是什么？不单单是这种内讧丑行，更多的是那些陪房的猖狂。她是贾府千金，自然看不惯她们在贾府兴风作浪，搜的是丫头，也是小姐的体面。王善保家的不识趣，以为探春单恼凤姐，开玩笑，掀了下她的衣襟，探春回手就是一巴掌。王善保家的又羞又恼，哭着道："罢了，罢了，这也是头一遭挨打。我明儿回了太太，仍回老娘家去罢。这个老命还要他做什么！"是说在这里受了气，要回邢家去。伺书便道："你果然回老娘家去，倒是我们的造化了，只怕舍不得去。"很明显，戳到了陪房的痛处。

王熙凤听到便说："真是有其主，必有其仆。"探春冷笑道："我们做强盗的都有个三言两语的。"这话说得很尖锐，这是她的家，她怎么会是贼。明显的，探春话中有话。赵姨娘和马道婆说过："敢打赌，这份家私都被她搬到娘家去了。"这句话，这里的她指的便是王熙凤。至于真有这事儿，还是赵姨娘信口雌黄，属个人猜度，这里不做理论。但在某些人眼里，的确如此，并作者还书上了这么一笔，事情就变得扑朔迷离起来。

这样的大家族，若都被娘家势力垄断还了得！能和陪房制衡的又是谁呢？是乳母，男主人的奶妈。这是贾府奴才层面的两大关系，他们互相制约，平稳前行。贾府人口众多，从麝月口中得知大概有千把人。主子就十几个，每个奴才背后都有主子，每个主子身后也有大一堆的奴才，牵一发而动全身。因自身主子强大，奴才比旁的主子还体面的，大有人在。

司棋为何是迎春的大丫头，而非别人？因为司棋的背景厉害，她的外婆即上边提到的王善保家的，司棋因她姥姥得以上位。我们不能小觑她，她是邢夫人最得力的陪房，邢家的家私至今还由她掌管着，这点儿邢大舅抱怨过。正因为她体面，故忘乎所以，才被探春打了。迎春属于贾赦那头唯一的一位大小姐，贴身丫鬟是块儿肥缺，很娇贵，仅次于小姐，被称为副小姐。很多人虎视眈眈。

鸳鸯是贾母的大丫头，所以她的哥哥是府里的买办，嫂子是贾母那边儿浆洗的头。买办同样是块儿肥缺，探春当家那回专述过。他们所处的位置，都与鸳鸯有关，别看鸳鸯骂她嫂子，那不代表什么，"小忿不废懿亲"，曹侯良工苦心，写得精细。

拿黛玉来说，她的靠山是她的外婆贾母。贾母在众儿女中，最疼她母亲贾敏，遂把这份爱延至她身上，况黛玉冰雪聪明，乖巧可爱，遂将其与宝玉同待。紫鹃那句"趁早儿老太太还明白硬朗的时节，作定了大事要紧"的话说得再明白不过，贾母是黛玉的唯一依靠。紫鹃后面还有一句话，"有老太太一日还好一日，若没了老太太，也只是凭人去欺负了。"这些均是肺腑之言。

宝钗和贾母没任何关系，她是王夫人的外甥女，原就投靠姨娘来的。她与黛玉，一个是娘家亲戚，一个属夫家亲戚。王夫人重宝钗很自然，宝玉婚姻的候选人不言而喻。至于金玉良缘，本是人为杜撰。玉非玉，属幻象，欺人而已，实是石头。作者写得很巧妙，石头对应的是草，木石前盟。这样就形成了三足鼎立，两份姻缘——仙界和世俗里的两种不同缘分关系，即梦里梦外。

所以看红楼，不能拘泥某个人，剥离出来单独说事儿，这样便会断章取义，一叶障目。

二

再看人与物的关系。所谓物，乃身外之物，可以是钱、东西、名利，也可以是自然界的花草树木等，即肉体以外的延伸。

这点以贾赦和王熙凤为代表人物。贾赦为石呆子那几把古扇，煞费心机。贾琏无能，弄不到手，被他打了一顿，躺了半个月。最后还是贾雨村徇私枉法，捏造罪名，抄没了石呆子家。贾琏说为几把扇子，坑家败业的，也不叫能为。这是实话。在贾赦心中，扇子比人金贵，想要就得有，不惜牺牲亲情及其他。对鸳鸯也是如此，并不当人看。现在要你，好好地和你说，你不依，有老太太护着，好吧！暂且放下。但终归逃不出他的手心，到时再算细账。所以贾母一死，鸳鸯就上吊了，没出路了，自然得死。

红楼梦虽写得云淡风轻，却是血淋淋的。贾赦对自己的女儿迎春也是，五千两银子就冲抵了，钱比亲生女儿还亲。嫁过去后，死不死，活不活，都不管。由此不难看出他贪婪冷漠，不择手段的本性和物比人贵的价值理念，嗜好的无非钱、色，此乃他的两大命脉与弊端所在。

王熙凤是另外的例子，也是个寻财好货的主儿，啥事儿都敢干。腊油冻非空穴来风，外面的账上没有，老太太也没摆着，让鸳鸯送了过来，明摆着被她和平儿昧下。贾琏问起时，还惹了一车的话，这就是她们的本事。她拖延月钱，放高利贷都是小事儿，不值一提。张金哥案才是大买卖，尚不是个案，仅为代表而已。

她让旺儿假借贾琏之名找人给云光修书，鸦雀不闻地坐收了三千两纹银，贾琏丝毫不知。还一天吹嘘她娘家有钱，地缝扫一扫都够贾家过一年的了。三千两银子啥概念，她的月例才四两，二十两够刘姥姥一年的生活费，一千二百两够贾蓉买个五品的官。这样的人爱物胜过夫妻之情，当然贾琏也不是什么好东西，淫滥得很，心不在她身上。可见一旦婚姻没了安全感，钱便是最亲的了，邢夫人也是如此。

贾府"四春"待物的态度却不同。元春是嫁到宫里去的，属贾家的骄傲，权势荣耀的代表和象征。元春省亲时却说："当日既送我到那不得见人的去处，好容易今日回家，娘们儿……"又对贾政说："田舍之家，虽布帛，终能聚天伦之乐；今虽富贵已极，骨肉各方，然终无意趣！"此乃她的苦楚和真心话，这种生活非她所愿，她也没这般肤浅，很多事儿身不由己地往前推。且一再嘱托家里不可过奢，又让把园子利用起来等等，都折射出她爱物、惜物的美好品质。

迎春安静，崇尚道家，不以外物为念。无论对元春的赏赐，还是累丝金凤，均淡然视之，可有可无，都是无所谓的事儿。所以脂砚斋常批："大家小姐也，真真千金之格也。"贾母管王熙凤叫"破落户"是有道理的，啥都稀罕。李纨也说她专会分斤拨两，打细算盘。实不能和贾府的姑娘们相比。

王家有钱，但有钱不代表有世面，这便是档次。探春极有审美，不以金帛为爱，经常让宝玉带些朴而不俗、直而不拙的小东西，如柳枝儿编的小篮子，整竹子根抠的香盒儿，胶泥垛的风炉儿等。想单吃个什么，也另外拿钱给厨房打理，颇有大家之仪，与其母赵姨娘形成鲜明对比。惜春更不用说了，心性孤介，万千全抛，连头发都不要了，更何况锦绣荣华，豪奴宠婢。

黛玉追求自然之美，教鹦鹉学诗，等大燕子回家是她的常态，始终处于诗意流转中。《红楼梦》里有饯花节，非常盛大，感恩花神退位，为其隆重饯行，足以反映人与自然的和谐。黛玉更胜一筹，给予安葬，立了冢，缝了锦囊，即有了棺椁，上升至人的规格。这是一种尊重，由人及物的宽广，精神层面的另一种打开方式。

宝钗有克制美，不管房饰还是衣着，均以简为主。房间雪洞一般，并无多余之物，和秦可卿成反比。足见人与人的不同。她的简朴，虽与客居有关，但关系不大，还是心性问题。她对自己颇严，如老僧入定，也难免流于刻板，失去了一个少女应有的可爱。

宝玉是个锦绣中人，以人为主，故能看到晴雯撕扇的场面。再者他另类，和小鱼、小鸟皆能沟通。他的爱是跨界通神的，与自然相契，底色干净纯洁，并不拘泥人世因网。因此不被俗世理解，大多都认为他有病、犯呆气，这恰恰是他的可贵可爱之处和一大痛心处。

三

再说下人与自己内心的关系。何为内心关系？即自我内心的再成长。我们每个人都处在不断思考、心智健全中。这是个漫长的过程，如搭积木，推翻自己，再重建自己，往返前行。今天看到昨天的无知，明天也会发现今天的不足。

书中关于宝玉的笔墨，仅限于他七岁至十七岁的光景，即前八十回，且处于繁华锦绣中，怎么说都是不成熟的。看书之人，不能过分纠结他的女性化、好色、不读书种种行为。一个智者的少年时代什么样子，一个伟大的文学家小时又若何？都是无定数的，谁也说不清。生活会教会一个人很多，宝玉也在不断成长中。尤其在经历了"寒冬噎酸虀，雪夜围破毡"的日子后，对这个世界会有更深刻、更全面的认知，对世态炎凉、人情冷暖，以及血缘人际有比别人更切身的体会。

宝玉是文学家的雏形、少年时代。《红楼梦》这本书是"宝玉"写的，这点我一直坚信。书中一再申明，包括凡例，作者说："自己风尘碌碌，一事无成，忽念及当年所有之女子，一一细推了去，行至见识皆出于我之上，何我堂堂须眉，诚不若彼裙钗哉！"这里言及成书之因。说得很明白，可以说，作者分明就是宝玉，只有他和姐妹们稔熟，相处日久，因此《红楼梦》是本自传体小说。

宝玉可谓艺术化了的曹雪芹，这点没有争议。第一回脂砚斋也批："若云雪芹披阅增删，然则开卷至此这一篇楔子又系谁撰？足见作者之式狡猾之甚。后文如此者不少。这正是作者用的烟云模糊法，观者万不可被作者瞒蔽了去，方是巨眼。"话说得很清楚，写这话时，石上的故事尚未开启，前面的楔子出自何人？不言而喻，为作者自语。

这是本结构非常巧妙的书，作者笔意纵横，煞费苦心，写得极隐晦。宝玉这个形象是复合型的，由很多侧影组成，可以是一条线，也可以是立体魔方。表面看写的是一段，实为一个人波澜起伏的一生，思想流程的演变。有隐有显，被瞒去诸多，虽残实整。前几回非常重要，足以挽救文本的遗失，一些隐喻、伏线、暗示，均在其中。作者排兵布阵，一一安插，只待上演，对读者的理解大有裨益。

作者推出了"意淫"的爱情观，推出了林家，推出了薛家，由远及近，由小及大，镜头慢慢摇落，极其便当。所以，德国汉学家顾彬先生指出，前五回可以删掉，人物减半等观点，是需要商榷的。红楼梦的精髓全在前五回，是一棵大树的根，属母体，叙得极艺术，后面方是枝叶。若删去，便是一部普通小说，真正残缺。

我曾写过一篇《宝玉是谁》的小文，说的便是他与内心的关系，随着思想切片的形成，不断变身。

先从石头说起，宝玉和任何人都不同，落地时便衔了一块儿玉。这块儿"宝玉"不是玉，乃幻象，为石头的化身。这块儿石头也非自然界普通之石，是独一无二的，女娲补天遗下的唯一一块儿五彩巨石。其他的都有大用处去了，它没去，不是无能，而是堕落情根，即有了感情，等于进化了。但世人并不知道，所以作者用两首《西江月》自嘲，实是凡人角度，并非作者本意。

情为何物？情即温度，即爱！我们平日若说谁冷冰冰的，便会将其形容成石头，意在焐不热。石头一旦有了温度，便脱离了物的状态。并且这块儿石头，还会说话，别的石头行吗？即有了思想，只是不具备人之形态，是块儿有感情、有思想的石头。若想幻形入世，还得改其模样，借助肉体，遂有了和尚道士的魔术，使肉身与石头的合二为一。他们是一个人，都叫宝玉。所以宝玉是别具一格的，既不同人，也不同石。石之性，人之体，二者合一。石头是宝玉的灵魂，丢了，宝玉就迷迷糊糊，书里写得很仔细。

每个人初来人世，无非一坨肉，除了那点儿基因，没多大区别。所谓的才华、知识、见识皆后天赋予，属修行。宝玉不同，一落地便具备了精神底片，是锻炼过的。何为锻炼？锻炼即学习。学习才有灵性，有了灵性，便比别人高出一筹，这也是作者自命不凡处。他虽然生在贾府，但却不同于贾赦、贾珍、贾琏、贾蓉之流。尽管也亲近丫鬟，和袭人有鱼水之欢，与黛玉心意相通，喜欢宝姐姐的一截酥臂，和妓女云儿暧昧，还有断袖之好等，但这些不影响他成为一个有思想的人，一位文学大师。

他的底色早已拘定，不会走样，一般纨绔该接触的东西，他也会接触。这是环境给予的。但他是块儿石头，有真性情，出生便堕落情根，心性有别旁人。他的爱情观和所有人都不一样，"意淫"是他发明的，即精神恋爱。推翻了所有才子佳人的故事，对淫邀艳约、私订偷盟，进行了深刻批驳，一扫先前野史情爱小说在这方面的空白。这在古代，男女大防的社会，具有伟大超前的意义。

他少时和黛玉于桃树下看《西厢记》，读者会觉得很美，属经典场景。其实，这只是一个少年的成长经历，被作者如实录下，不代表日后赞成这种观点。随着自身羽翼的不断丰满，审美情趣的提高，《西厢记》里的爱情根本满足不了他，甚至遭其鄙夷。此乃脱胎换骨的过程。他的爱情观只有两个字——体贴。此乃，真性情的发泄。

宝玉烧书，淡泊功名，是他反儒的标识，第一块思想碑石的建立，不管对错都矗立在那。后来他落魄，读者纷纷猜测日后情形。书中早已说明，甄士隐便是其传影。一个仙气十足、观花修竹、酌酒吟诗的恬淡之人。甄府为缩小版的贾府，葫芦庙炸供，引起大火，甄家受到牵连，实是皇家内讧，殃及贾府。大火，乃大祸也！第一回甄士隐那段小枯荣，是个帽子，为全书的点睛之笔。作者故意回风舞雪，提前上演，这是其艺术手法。

他落魄后投人失尊，老丈人封肃，实"风俗"，为众生相。亲人，陌生人也。那条街叫十里街，即"势利街"。一个浓缩的社会剪影，也是作者处处碰壁的写照，风雨晦涩中，肝胆相照之人少之又少。他的钱被封肃（风俗）半哄半赚了去，即被一些亲戚哄骗了去，又厌他，说他好吃懒做，不事稼穑。这里，可与作者自批的《西江月》对看。孩子没了，自己身体也垮了，遂万念俱灰，随疯道人出家。至于宝玉是否真的出离，不得而知，也许只是作者内在思想纸上化，在小说里想象演绎，也未必可知。

书里写了庸常人的狡黠，自作聪明，他们眼中宝玉的呆傻；也写了作者洞若火烛，入木三分的见识，只是精神层次，追求不同罢了。

一定得注意，他出的是道家而非僧门，抢了跛足道人的褡裢离家出走的。可见那时，宝玉崇尚的是道家文化，这很符合他的个性。法号，书中没说，但不代表没有，空空道人便是。要不曹雪芹不会横添一笔，半路弄出这么个人物来。故前几回非常重要，想说没说的话，全在里面。所谓的空空道人访道求仙，指寻找更高明之人破解内心之惑与外物之谜，属哲学范畴问题。

找到没有？回答是肯定的，没找到。反遇见那块儿曾到人世历幻的五彩巨石，石上的故事编述历历，遂被绊住。即遇见的还是自己，并不曾忘记过去，走不出的还是自己内心的困境。道家没救赎他，空空道人并没空。那块儿石头便是他的内心，所以脂砚斋一声声石兄叫着。

至于石头和空空道人的一番对话，属肉体与灵魂的自言自语，也是说给读者听的，披露撰书动机及成因。石头是他的精神思想。上面的故事只是一方腹稿，空空道人抄历下来，即写了出来。并把自己移名情僧，从道家转向佛门。但不是真正的僧人，而是精神肉体合二为一，介于俗人和僧人之间，实乃情僧。情僧的确立，是曹雪芹对自己真正的了结，精神回归肉体的标志。纸是他的渠道、艺术形式，也是精神坐标。从此那块儿石头可以隐去，化成此书。石变纸，石的另种形式由此诞生，即《石头记》！

至于书中说情僧抄下后，又由曹雪芹花了十年工夫，编撰目录，分成章回，你信吗？若十年只编撰目录，分出章回，那也太轻松了。所以曹雪芹即作者，曹雪芹即情僧、俗世里的僧人，这是我一直认为的。情僧又是空空道人，空空道人又是甄士隐，甄士隐又是宝玉，再往前追溯，又是仙界的神瑛侍者。那么，神瑛侍者宝玉 —→ 甄士隐 —→ 空空道人 —→ 情僧 —→ 曹雪芹。这些我在《宝玉是谁》里说过，在这儿重新梳理一遍，是为了更好地捋清思路，也是曹雪芹的思想成长史。

他的身份一直在变，但精神底片不变，那块儿石头的秉性没变。变的是思想，每个人物后面对应一种思想，实指宝玉思考的过程及人世存活状态。所以脂砚斋说："余常哭芹，泪亦待尽。每思觅青埂峰再问石兄……"宝玉便是那块儿石头，顽固不化有感情的石头，那是他的根，存于俗世便是有感情的僧人。

宝玉的一生，是不断找寻自我的一生！反儒崇道入佛归人，救赎自己的还是自己，最后交付文学，文字是他最终的情缘和精神的出口，这是毋庸置疑的。

红楼里的真与假

连日有雨，澹澹而落，把一个糟糟市廛下得如山野林泉一般，静极、幽极。无事安眠，闲听红楼，亦有戚蓼生所言"捉水月，只把清辉；雨天花，但闻香气之妙。"

红楼崎岖，云深雾绕，真中有假，假中有真，读来不易。不厌者，于晦涩处丢过亦是常情。然而脂砚斋一再叮嘱，凡真假梦幻处，皆紧要之笔，能领者方具慧眼，故读者万万不可忽视。

何为真假？真情假意，真景假象也。海市蜃楼为真，因确有其事，怎奈稍纵即逝，属幻象，实为假，乃真之折射。镜中人是真，出自本我，五官面目皆生动，却冰冷无味，无魂无魄，不可触摸，故曰假，属虚像。可见真假本孪生，互为依附，真乃假之根本，假乃真之幻像。《红楼梦》便是在真情实景上敷演出的一段陈迹故事，如墙之手影，尽可一猜。

不可谓全真，如脂砚斋所言："事则实事，然亦叙得有间架、有曲折、有顺逆、有映带、有隐有见、有正有闰，以致草蛇灰线、空谷传声、一击两鸣、明修栈道、暗渡陈仓、云龙雾雨、两山对峙、烘云托月、背面敷粉、千皴万染诸奇书中之秘法，亦不复少。"亦不能说不假，作者隐忍处，混人耳目处，艺术加工提炼处，世人眼光透迤蜿蜒，一己之见处均为假。

何为假？艺术化的真事！

何为艺术？人化了的，具备人之感情的客观存在！

一

何为此书最大之假？毫无疑问，玉石之假乃最大之假。石头为真，"宝玉"是假，这便是此书关键所在，亦钥匙，懂之，一扭即开。

先看此石出自何处。此石并非凡品，系青埂峰大荒山无稽崖，女娲补天留下的一块儿高经十二丈、方经二十四丈的巨石。当时女娲补天共练顽石三万六千五百零一块儿，用去了三万六千五百块儿，独遗此块儿。女娲乃创世之神，号称大地之母。据传上古时，四极废，九州裂，天崩地陷，一片混沌，不能尽覆万物。女娲下海斩海龟四足，做支柱撑起天空，又炼五彩巨石加以缝补，才有了今日之苍穹。即盖了所大房子，人类得以安居。那三万六千五百块儿巨石都派上了大用场，有补天济世之功。唯余下多余的一块儿，遗落在青埂峰无稽崖日夜悲号。青埂亦情根。脂砚斋批："妙！自谓落堕情根，故无补天之用。"

脂砚斋这里批得极明白清楚，此石之所以没去补天，没派上大用，并非其平庸无能，不如它石。而是其胸有块垒，内心炽热。"不俗已是仙，多情便是佛。"此话用到此恰好不过，可点睛。因佛心浓炙，无法补天，方是实情。而那些真的"补天济世"肩负大任者，自有其宏图抱负，那是必然。内中经纬，不做细论，世人眼光各有定论。然红尘荒唐，纯属无稽，一个买官卖官，四品、五品官职唾手可得的社会，大才、小才、无才，大用、小用、无用，读者自会思量。这也是作者之识、之苦、之悲，乃其自嘲之处。我们只需明白一点就好，此石虽没入选，并非寻常类，更异于世上千千万万普通之石。且经锤炼后，灵性已通，属独一无二，孤品之石。

这点，作者从不谦虚。石有佛心，千古奇闻，也是宝玉一生的写照。所以此石大有来历，非世间俗物，并非无情无知的金银珠宝、石器皿可比，这点读者一定要明白。

一日，此石偶听茫茫大士、渺渺真人说那红尘富贵之事，便凡心大动，口吐人言，求往一历。怎奈性虽聪明，质却蠢笨，体形巨大无法携带。渺渺真人、茫茫大士便大施幻术，登时将他变成一块儿扇坠大小的五彩晶莹美玉，并篆字于上。无非欺世人眼拙，投其所好，等于重新包装。

以此可知美玉是假，纯属幻象；石头为真，方是本身。就像孙悟空不管如何七十二变，总归是个猴儿；白骨精怎样伪装，终是白骨一堆。然世人浅薄，不辨真假，又均藏势利之心，只识得珠宝、玉石为珍，哪晓得顽石品性之贵。独黛玉深解，故与其相知，这是后话。

只说世人见之，如获至宝，果真当了块儿宝贝。一时街谈巷议，传为佳话。脂砚斋批道："世上原宜假，不宜真也。"谚云："一日卖了三千假，三日卖不出一个真。信哉！"意思是说，这世界上原流行假的，一天你可以卖出三千假货，三天也卖不出去一件真东西，识货者寥寥，跟风者蜂拥。所以，贾雨村这样的人才如鱼得水，平步大司马；而甄士隐只能落个好吃懒做、穷困潦倒、撒手悬崖的结果。意在人们不识货，把顽石当玉，看不出真假。

后来在此基础上，又强拉硬扯，敷演出一段金玉良缘来。均世人撺掇，一厢情愿。玉皆假，金怎会是真？实作者一大悲愤，无人识得之苦。故《红楼梦》第五回有"都道是金玉良姻，俺只念木石前盟。空对着，山中高士晶莹雪；终不忘，世外仙姝寂寞林。叹人间，美中不足今方信。纵然是齐眉举案，到底意难平"这样的唱词。玉之不存，哪来金配；以石之热，金之冷，又哪能相配！

可见金玉良缘本是书中一大假，假中之假。而木石前盟方为前世因，后世果，真上之真。起初黛玉不识这点，吃了不少小醋，实乃恋爱中小女子可怜、可爱、可叹之处。所以对流传的史湘云的金麒麟为真金，薛家伪金的说法并不苟同。宝玉的玉是假，即便金是真金，怎奈无玉可配，岂不荒唐。即便配了，也是假姻缘。

此石化作美玉后，与主人一起降落凡间，由主人口衔而诞。婴儿无识，本是一簇肉体，混沌未开。石虽能言，却缄默其口，随主人一起经富贵、历欢爱、受贫穷，浩浩荡荡了此一生。然而石、人一体，不可分割，这是必然。石头系主人的魂魄，肉身乃神瑛侍者转世之躯，贾府便是他们投胎落脚之地。石头以幻像示人，世人鄙薄，认做宝玉，遂赐名此儿为宝玉，即贾政、王夫人之子贾宝玉。

贾宝玉，姓贾，亦是假，此姓拜作者所赐，意在点明他是块儿假的宝玉，真的石头。所以，宝玉秉性顽固，看似温存，实则棱角分明。最厌贾雨村这些峨冠顶戴之流，骂其"禄蠹"，国贼禄鬼之意。空有济世安邦之志，实乃盗国嗜钱之好。又对劝其结交权贵，学习仕途经济的史湘云、薛宝钗一反常态，毫不客气地下逐客令。说闺阁亦染此风，遭此荼毒，实乃不幸。这些均是他的凌厉处，亦是原则底线不可触犯处，实属价值观不同所致。而他平日怜香惜玉，温柔细腻，内心甘冽，目光清澈。没等级，无尊卑，不仅喜欢给丫鬟充役，更爱兜揽事务，甚至与鸟兽云雀皆能对话。人多谓之傻，这点由傅家俩婆子背后私语活画出。所以，在宝玉身上，既有石头之硬，又有佛心之软，是一矛盾怪异体。

劫数完后，石归荒山，复还本质，以亲经亲历书下了这篇故事，并刻于石上。即今天读者看到的《红楼梦》初稿，无章、无节、无题目，只是一方故事，也可说是腹稿。又过了几世几劫，被一个访道求仙的空空道人看到，得以抄录流传，其中曲折，颇为传奇。

也可说，女娲这个大地之母在修建万物生存空间时，并没忘记情感大厦的建立，特意遗下一块儿巨石，填补情感空缺。补天属天地之屋的建立，没情感之屋，依旧荒芜。修建此屋的基石在哪？回答是肯定的，便是这块儿落选于青梗峰下日夜嚎哭，此后有了灵性的石头。要知道，它补的是心！看似遗弃，任务却比其他石头更为艰巨。

历史证明，《红楼梦》这本书，的确补了一代又一代人的心。

二

《红楼梦》到底是谁写的，一直是个谜。

《红楼梦》是人写的，这点毫无疑义。不是石头记下的，也不是情僧录下的。记录本是创作，如现今之人，偶撰几个字，也是自身行为。这里的石头和情僧属一人，只不过石是质、情为灵，两者合一，方是作者本身，即书中主人公贾宝玉。

甲戌凡例中云："又曰《石头记》，是自譬石头所记之事也。即作者把自己比作一块石头记下此事。"又作者自云："因曾历过一番梦幻之后，故将真事隐去，而撰此《石头记》一书也，故曰甄士隐梦幻识通灵。"这里的一番梦幻非真梦幻，反义，指其所经的现实生活，意在红尘一梦。

空空道人本为访道求仙而来，没成想仙人不遇，反被此书绊住。自从录了去后，反而大彻大悟，因空见色，由色生情，传情入色，自色悟空，遂易名为情僧。可见仙道不远，本在自心，也足见此书之高，可度人。

"因空见色，由色生情，传情入色，自色悟空"十六字最是难解。何为因空见色？色乃外物，人之初，刚生时，处无知状，如白纸，是空的。后来外物——景物、人物、动物进入脑海。见到这些外物后，有了喜怒哀乐，产生了感情，即"由色生情"。又把这些感情传给了外物，带着感情去看待这个世界，亦"传情入色"。最后发现这个世界并非想象，是复杂多变，不能长久依附的。能使自己安定满足的还是自己，遂放下，归零为空，即"自色悟空"。一切为空后，并不代表无情，而是不再为外物所动所累，亦无所求，内心却依旧炽热，故曰"情僧"。

这是人生的一个过程，需一步步经历，一点点体会，看能走到哪步。还是那句话："不俗即为仙，多情乃是佛。"能度自己的还是自身经历、自身思考、自身了悟，谁也帮不了你。以上此解，仅限本人体悟，乃一己之见。

回到文本。第一回，空空道人和石头有番对话，实是自问自答。我们不可糊涂，被作者混过。这也是作者开宗明义，揭示成书之因，解惑读者。空空道人看过石上故事后，提出两点疑问：一是无年代可考；二是此书不够高标。里边虽有几个异样女子，既无辅世治国之能，又无班姑蔡女之德。石头就回答说了，大师何太痴，若说没年代，假拟一个添上不就完了。但不如不拟，倒新奇别致，亦免去千古旧套之窠臼，取其事体情理便好。再者现之人皆爱闲适，哪个嗜好治理之书，而历来野史，皆出一辙，不过那几种。有讪谤君相，贬人妻女的；有笔墨风月，满纸淫秽的；更有那些才子佳人，胡牵乱扯，忽离忽遇，自相矛盾，穿凿扭捏的。皆不如我亲见的这几个女子，虽无大才大德，然一粥一饭，一诗一画，皆能以情趣示人。即有细水长流天然之美，否定了历来野史的套路，自开新格。这也是作者自负处。

道人一听，果是此理，便从头检索了一番，一看还好。内里并没伤时骂世之旨，虽大旨谈情，亦不过实录其事。又非假拟妄称，一味淫邀艳约、私订偷盟之可比。遂觉不错，便抄录回去，传奇问世。实是作者开始写作，这里不可马虎。

三

空空道人，也就是情僧，到底是谁呢？他便是此书真正的作者曹雪芹。

不要说曹雪芹不是此书的作者，凡脱离文本的虚谬揣度，都将化作泡影。书中第一回正文开篇便提到曹雪芹："后因曹雪芹于悼红轩中披阅十载，增删五次，纂成目录，分出章回，则题曰《金陵十二钗》。"怎么样的一部书，要曹雪芹花十年的工夫去纂成目录、分出章回，还进行了增删。即便现在的编辑也只减不增，文学本是个刀削斧凿的过程，试问有几个外人敢大段往上添。即便文本不是出自曹雪芹之手，目录是他撰的，回目是他分的，这是肯定的。

脂砚斋又云："若云雪芹披阅增删，然则开卷至此这一篇楔子又系谁撰？足见作者之式狡猾之甚。后文如此者不少。这正是作者用画烟云模糊处，观者万不可被作者瞒蔽了去，方是巨眼。"这里说得很明白，等于直接否定了。如果说曹雪芹只是披阅增删，那么从开卷到这儿又是谁写的？此乃作者用的障眼法，读的人不要被蒙混了。实是说开篇到此，包括楔子在内均为曹雪芹所作。曹故意说自己增删编撰，把前期写作归于仙境。

在文中第一首标题诗"满纸荒唐言，一把辛酸泪！都云作者痴，谁解其中味"的旁边，脂砚斋又批："能解者方有辛酸之泪，哭成此书。壬午除夕，书未成，芹为泪尽而逝。余常哭芹，泪亦待尽。每思觅青埂峰再问石兄，奈不遇癞头和尚何！怅怅！今而后惟愿造化主再出一芹一脂，是书何幸，余二人亦大快遂心于九泉矣。甲午八月泪笔。"

可见此书不是写成的，是哭成的。谁哭的？说得很明白是曹雪芹。书还没成，曹雪芹的眼泪就干了，离了人世。而我也常哭，泪也快完了，只不过我哭的不是书，而是曹雪芹。如果造物主再造一个曹雪芹，一个脂砚斋，那么此书就幸福了。如不是亲身经历，内中人不与自己密切，何至于哭。他们二人一写一批，搭档默契，书即曹雪芹，曹雪芹即书，这是脂砚要表达的。

另外，第一回还有一条批注，说此书曾叫《风月宝鉴》。为何叫《风月宝鉴》？脂砚斋又说了："雪芹旧有《风月宝鉴》之书，乃其弟棠村序也。今棠村已逝，余睹新怀旧，故仍因之。"意思是说曹雪芹原有一部叫《风月宝鉴》的小说，是他的弟弟棠村作的序。后来棠村死了，我现在睹新怀旧，故延用《风月宝鉴》这个名字。啥叫睹新怀旧，就是看到新的，想起了旧的，看到现在这本《红楼梦》，想起了《风月宝鉴》。一部毫无关联的小说，如何会被想起？！实是曹雪芹把旧之小说嫁接到新撰之上，才导致脂砚斋想起他弟弟棠村曾作过序。如果说红楼梦不是曹写的，他岂会把自己的小说糅合到别人的稿子里；如果说不是曹雪芹写的，脂砚斋又怎能想起他的《风月宝鉴》来？！

其弟棠村，意在曹雪芹有个叫棠村的弟弟。这个弟弟容量极大，不见得是同父同母的，也许同父异母，也许同母异父，叔伯的也可以。曹府变故后，七零八落，他母亲无以生存，再嫁也不是没有可能。另七十五回，庚辰本回前批："缺中秋诗俟雪芹。"针对此批，能说文本和曹雪芹没关系吗？缺一首诗都要等他作好填上。还有第一回，甄士隐和贾雨村对饮，雨村口占五言一律……脂砚斋批："余谓雪芹撰此书，亦有传诗之意。"这里有个"撰"字，"撰"为何意？能说不是书写的意思吗？！为何不说余谓雪芹编此书，亦有传诗之意呢？撰，主动，指本人；编，被动，意在他者。不可同日而语。再者第十三回秦可卿死时，贾珍因贾蓉没有官爵，颜面上不好看，欲买个空衔，写了个履历给戴权。履历开头第一句便是："江南江宁府江宁县监生贾蓉，年二十岁。"作者故意点明贾府出处，虽书中一再模糊地域邦国，这里却说得何其仔细，竟落实到县。

可见江南江宁府江宁县实乃贾家大本营。无独有偶曹雪芹的祖父便是江宁织造，此书备述其家事。更不论清代诗人富察明义在其《题红楼梦》诗的序中说："曹子雪芹出所撰《红楼梦》一部，备记风月繁华之盛，盖其先人为江宁织造……"说作者另有其人者，虽自有一套，但尚要细思，以上又该作何解释？！如果只看到自己看到的，并坚持所见，而忽略一代代人的目光，更广阔的视野，终究还是盲人。

再者敦敏、敦诚、墨香、明义、永忠之间七扯八拉，亲戚套亲戚，均为皇室没落子弟，和曹雪芹共命运。除永忠，前面几位都是曹雪芹的朋友，所以才得一阅《红楼梦》，并留下与之相关的零星笔记诗词。在某种程度上，是可信的。就像今人，身边的朋友对其出身、日常行径多少还是了解的。曹雪芹也非化名，至于空空道人、情僧，这些虚构人物，出于书中情节需要，当然是假的，不可与现实中的曹雪芹混为一谈。但也是曹雪芹的投影。无论书里透漏的信息，还是外部支撑，曹雪芹均为此书作者，这点无疑。至于后面裕瑞、袁枚、程伟元等有关曹雪芹的说辞，有出入的地方暂可不虑，时间总有模糊、以讹传讹的一面，以同时代为准便好。

当然，曹雪芹是《红楼梦》的作者是考证出来的，即人为的，后来人自然可以推翻。但想树立自己的标杆，必须得有驳倒别人的论据。胡猜乱疑，似是而非，终是无根浮萍。

四

那曹雪芹到底又是谁呢？

在书里，曹雪芹千面一身，是那方巨石，戴在脖子上的宝玉，也是神瑛侍者，更是贾宝玉，亦空空道人、情僧，也是甄士隐。他以很多面目示人，但都是他。这部书并不复杂，尽管曹雪芹设置了上述诸多人物，其实，都是他自己的一个侧面。石头是其本质，神瑛侍者是其前身，宝玉是他这世的轮回，肉眼凡胎者所识所见，情僧是他历经繁华苦难后最后的超脱和对自己的总结，而甄士隐是他性情疏淡、投人失尊、撒手悬崖的写照。

就像这部书的名字一样，虽众多，先后叫过《石头记》《金陵十二钗》《情僧录》《风月宝鉴》等，但凡例第一句交代得很明白，《红楼梦》总其全部之名。不管曾叫过啥，最后还是归结到《红楼梦》上，其他诸名皆不能概其宗旨。红楼万象，里面不止记录十二钗这几个异样女子，叫《金陵十二钗》不妥；也非尽述风月故事，叫《风月宝鉴》只是纪念棠村。石头是前期腹稿，情僧为后期制作，合在一起方妙。总之，红尘一梦，万境归空，叫《红楼梦》才对，不可错会。

再说下甄士隐与贾雨村。甄士隐既是人也是寓意，即真事隐去；贾雨村同此，即假语村言。第一回两者联袂出场，回目为：甄士隐梦幻识通灵，贾雨村风尘怀闺秀。一语双关。甄士隐梦幻识通灵，从文本上看是甄士隐做了一个梦，梦到二仙，和那块由石头变的宝玉有一面之缘。实是作者红尘一梦后，把真事隐去，将自己的人生感悟记录下来。贾雨村风尘怀闺秀，从文本上解，指他未发迹窘迫时，见到甄家之婢娇杏，便存了一段心事。实乃作者用假的言语，怀念当初的闺情闺蜜。亦可简单些，把他们看做真情和假意。甄士隐便是宝玉的后来，大火便是大祸。家人飞报严老爷来拜，严即炎，风云将至。

而文中后来的甄家便是曹府，也是贾府实体。第五十六回，甄家太太奉旨带三姑娘进京，实是探春婚事预演。甄家三姑娘便是贾家三姑娘探春，且点明奉旨成婚。还有甄家派人活动，进京藏匿东西，直至简报中抄家，均为贾府前奏，真实生活再现。只不过贾府紧随其后，稍迟一步。

红楼云深，读它不见得非要细究底里。曹侯高才，一手草，一手楷，那是他的本事，阅者只不过看下热闹。懂不懂不打紧，怀着真性情去看，便自能体悟人性的细微之美。

宝玉是谁

在《红楼梦里的真与假》中，我曾说曹雪芹千面一身，集巨石、美玉、神瑛侍者、贾宝玉、甄士隐、空空道人、情僧为一体，拼起方是一个完整的图案。每个人物代表他的不同时期，属作者故意设置。同理，这句话也适合宝玉，神瑛侍者是宝玉的神话原型，巨石是他的精神底片，美玉为石之幻象，和尚道士变的魔术；甄士隐是他投人失尊、撒手悬崖的写照；空空道人是他看破红尘后的出离；情僧是他著书立传后对自己的归结。曹雪芹就是宝玉，宝玉便是曹雪芹，只不过宝玉只代表曹雪芹的年少时光，而非全部。

一个人的一生是漫长的，从少不更事到内心羽翼丰满，要经历一个艰辛的过程。解读宝玉，也是解读一个文学家的雏形。

红楼看似断臂，实则完整。只要厘清里面人物，顺其脉络，便会发现一条清晰的河流。神瑛侍者——贾宝玉——甄士隐——空空道人——情僧，这便是宝玉的一生。目前能看到的前八十回，主要着墨于他七岁至十七岁这段锦衣玉食的纨绔时光，至于后来的惊涛骇浪、内在底里，并不明了。但这并不影响我们知其大概，第一回的透露，足可挽救文本的遗失。曹雪芹最后归于文字，归于自己，文字是他最终的情缘和救赎这是一定的。

一、关于人际

红楼从外系写起，也就是林家，由小及大，由外至内。所谓贾府，除第二回冷子兴演说外，皆由黛玉眼中呈出。黛玉六岁进府一直与宝玉随贾母同住，与宝玉可谓两小无猜，情投意合。第二十一回湘云来玩，宿于黛玉房中，宝玉赶早跑去凑热闹，梳洗皆在那里，致使袭人生气，可知已然分房。

红楼可分两大部分阅读，以大观园为界，第一回至二十三回看作一部分，包括黛钗入府、刘姥姥一进、秦可卿之死、元春晋妃省亲、宝钗过生、湘云出镜等。活动场所在大观园外，那时大观园尚未筹建，作者把人物一一交代清楚，安插进来。即排兵布阵，然后再慢慢向前推移。那时贾府还繁华，一个秦可卿的殡葬，一个贾元春的归省，足见浩大。第二部分从搬进大观园一直到第八十回逐渐没落，属作者开辟出的一块精神园地，中间又可一分为二。三十六回属分水岭，也是宝、黛、钗关系的转折点，此后枝叶不断扩大，宝玉、黛玉不再纠葛，进入细水长流的默契阶段。

宝钗十四岁进府，在文中有明显标识。听曲文宝玉悟禅机回，凤姐不敢专断，找贾琏商量宝钗生日事宜，提及宝钗将笄之年，十五岁成人礼，又是来贾府的第一个生日，故比林妹妹要多增些。宝钗比黛玉大三岁，黛玉进府五年后，她方来，中间大段空白，被作者模糊掉。可见没宝钗，此书便不好看。

曹雪芹写宝玉，实是写自己的人生启蒙，大幕由此拉开，时间的河流一寸寸往前流淌。尽管他中年后，面黑头广，侃侃而谈，多有奇语，但少时却是个齿白唇红，温文尔雅的漂亮人。这点并不矛盾，时间不仅可以改其心性也可移其样貌，故意模糊也是有的。曹雪芹的好便是不回避，如实再现当时之景与思维脉络，包括他的喜好、感情世界，以及与家族诸成员的交集等。

这个世界是由人组成的，以宝玉为中心的蛛网也由此蔓下，这是必然。他有祖母、爹妈、皇姐、嫂子、侄儿，隔母的姐弟和叔伯、姑表、两姨姊妹，外加丫鬟婆子，一大堆同族的亲戚和社会上的朋友等。针脚匀称密实，人生的袍袖足够阔大。

他的奶奶贾母溺爱他，一是他根正苗红；二是他长得好看，丰神秀美，这点由赵姨娘口中和贾政眼中均有点出。另外，他心地纯良，有内在之光，这是主要一点。他的哥哥贾珠死得早，贾琏我们不知道嫡庶，文中没有提及其生母，邢夫人只是填房，并无子。若从王熙凤的家私背景看，贾琏应是嫡出，但不能保证贾赦真的为史太君所生。他单过，另有黑油大门，贾母并不待见他。王熙凤曾开玩笑说道："难道将来只有宝兄弟顶了您老人家上五台山不成？那些梯己只留他，我们如今虽不配使，也别苦了我们。"可知贾母对宝玉的看重。

除元春外，宝玉是王夫人身边的独子，属命根。贾政靠不住，天天和赵姨娘搅在一起，宝玉遂成了她的指望。至于赵姨娘与贾环对宝玉一直怀恨在心，这种恨有妒的成分，也有从对王夫人身上延续下来的不满。宝玉是贾环不能出人头地、继承爵位家私的绊脚石，虽然宝玉并没意识到或在行为上有所阻碍，但他的存在本身就是威胁。至于恨到什么程度，应该是置之死地而后快，逢五鬼是赵姨娘的伎俩，泼灯油一回与手足耽耽小动唇舌一回是贾环的险恶用心。

贾政对宝玉多有厌恶，一是宝玉不喜读书；二是赵姨娘从中挑唆。宝玉为此没少挨打。贾政冷酷，不知如何爱人及治家，很是迂阔。骂他假正经，伪道学不为过。随着宝玉才华的显现，从第十七回大观园试才题对额到七十八回老学士闲征姽婳词已渐有改观。父爱之海的缺失，让宝玉一直在女性的旋涡里打转，性格有阴柔的一面。虽说宝玉从小便认为女儿干净、男人浊臭，但这种浊臭恰恰是家族父兄们给的。脏的是政治，冠冕堂皇虚伪的那套，而不是某个人。他的思考，只不过是一个纯净少年最自然的直觉反应。

于元春，宝玉是其弱弟，亲爱之极。从小手引口传不少知识，是她在宫中的牵挂。对探春这个妹妹，宝玉多敬其人品，因隔母，亲情并不浓烈。探春对宝玉一直很好，亦和睦，从给宝玉做鞋和下帖建诗社等处均能看出。

二、关于宝、黛、钗

黛玉是宝玉的少年知己，贴心人，没啥里外。即便今天闹了，明天恼了，也很快和好如初。第二十八回端午节礼后，宝玉曾做过一番表白，说："我心里的事儿也难对你说，日后自然明白。除了老太太、老爷、太太这三个人，第四个便是妹妹了，要有第五个人，我也说个誓。"这是对黛玉的定位，在其心中，除了他奶奶、父母这些至亲，便是黛玉了。读此要注意，那时他们尚小，黛玉只不过是他的一个姑表妹，别无特殊处，但在宝玉心里竟高出他亲姐姐贾元春，可见待黛玉之重，一直纳为自己人。文中这样的例子比比皆是，余不赘述。

对宝钗，宝玉多有纠结，她是自己亲姨妈的女儿，戴着金锁而来，堂皇正大。在当时那个社会，宝钗是个近乎完美的女性，博知端雅，容貌丰美，堪称典范。但宝玉对其一直不感兴趣，处若即若离状。偶有留恋，也是基于容貌，而非精神。既没黛玉的亲近，也非湘云的随意，始终保持一段心理距离，把她划至亲戚类，尊重应酬面子、人情的事儿。

很多人定义宝钗是儒家文化的代言人。什么是儒家文化？儒家文化即几千年的正统文化——孔子学说。林语堂曾说儒家文化是都市哲学，道家文化是田野哲学。言孔子学说太投机、太正确、太近人情，顺俗为旨，有其现实功利的一面，往往满足不了人性的深邃。此言不虚，所以道教、佛教才有了市场，实是思想的一种争夺和互补，虽有融合，却侧重不同。而宝钗恰恰是儒家文化的范本，她的性格特点，行事做派，完全与之对榫，有其正大堂皇的一面，也有其冷酷一面。宝玉抵触、烧书、反对为官做宰、仕途经济那一套，是个具有自然情怀和奇思妙想之人。从《红楼梦》开场的设置便可知道，曹雪芹的精神世界是不受儒家文化束缚的。儒家文化不信鬼神地狱轮回之说，以此类推，宝钗的一些行为也可迎刃而解。文化背景的不同选择，是导致他们不合拍、精神疏离的主要原因。

宝钗是宝玉一生中非常重要之人，是他的妻子。都知道妻子一词对一个男人的概念，意味着一个锅里吃饭，一个床上睡觉，一起生儿育女，属最亲密之人。但精神之遥远却要成为肉体之亲近，这本身就很残酷。而黛玉只是他少年时倾情的恋人，与后来的漫长生活相比，非常渺小。也正因为宝玉婚后的痛苦，才放大黛玉对其一生的重要性，亦她的魅力所在。

肉体慢慢衰竭，精神却是不朽的。

黛玉属另种智慧的体现，有其浪漫的心性，灵巧的思维，不落俗套的性格，一颦一笑皆天成。不论是落红成阵里与宝玉共读西厢，还是哀婉吟唱中荷锄葬花，都是大自然天地间和谐的一笔，也是她和宝玉契合的原因。所以，那些争论容貌伯仲的大可不必，容貌只是偶得，无论人之交接还是漫长的婚姻生活，过得都是精神气息的相通。就像同样美丽的瓶子，我们关注的多半是里面的内容，装的是酒、是水、抑或他物。

宝、黛、钗三人的关系，我在《宝、黛情爱之路》和其他文字中，多有提及，余不赘述。

三、关于好色

关于宝玉的性行为，即便一些有文化常识和素养的人，也多有微词，觉其好色。实是站在今人视角，而未考虑昔日之境。

人是环境的产物，不在同一高度，看到的东西自然不同。环境又分内在环境和外界环境，即个人的价值观念同大众的道德标准及制度准则。环境就像一口锅，锅下积薪，只要火力加时间，锅里的米没有不熟的。宝玉是石头，已然另类，算是好的。在那个男权社会，只要有钱，妻妾成群，丫头淫遍，嫖妓养娈，不是什么稀奇事。贾赦、贾珍、贾琏、贾蓉均如此，贾政再正经也有几房妻妾。

道德和法律并不相干，无非操守问题、自我制约那点儿事儿。如若无法接受宝玉狎妓和男风这些事儿，并非内心纯洁，而是视角狭隘单一所致。纯洁需经诱惑，方能显现定义。

最早和宝玉发生性关系的是袭人，属生理需求。宝玉遗精，有了最初的性意识。他们偷试，即晴雯口中说的那些鬼鬼祟祟之事。那年宝玉也就十一二岁，大观园尚未筹建。这在大家族中并不新鲜，贾府一般在男孩没成亲前，都会放上两个丫鬟供其使用，算默许。宝玉洗澡与碧痕也多有暧昧，读者尽可一想。

另外他与云儿，庚辰眉批：云儿知怡红细事，可想玉兄之风情月意也。还有男风，我在《红楼男风》中专门说过，宝玉亦有此好，蒋玉菡、秦钟均是他的相好。男风在当时司空见惯，书中明确标出的有北静王、忠顺王、贾珍、贾琏、贾蓉、贾蔷、冯渊、薛蟠、隆儿、喜儿，遍布上中下。那时以此为荣，做时髦状。宝玉挨打也是因此招祸，金钏事件只是一半。

曹雪芹客观，于人性犀利处，并不遮掩，意在还原自己年少形象，心路历程。他不是圣人，生下来就什么都懂，真正的思考应在茅椽蓬牖，瓦灶绳床，落魄之后，起初纯随一个人的自然天性发展。思考，改变一个人的见识和想法。

包括《西厢记》这本书，少时曾吸引过他，所以才有共读西厢那一节。等他走过一段高地，再回首已然别样。在爱情、家庭、人生一言难尽后，这本书与自己当初的审美已相去甚远。高贵纯洁的林妹妹也非崔莺莺可比，故作者借各种口吻一再批驳。

《红楼梦》是被嚼烂了的一部书，文字谁都会写，值钱的是思想，是领悟。而人的一生无非是整理欲望的过程。

四、关于甄士隐、空空道人和情僧

甄士隐就是贾宝玉，甄府便是缩小版的贾府，这是我的推论。甄府资助过贾雨村，贾府也有恩于贾雨村。甄府败落起于庙中炸供，火延而至；贾府也是庙堂内讧，身受其连。那是一条"势利"街，甄府临庙而居，同样贾府赖以生存的也是"势力"街，离皇家的势力最近。

封肃明是甄士隐的老丈人，实是风俗，众生相，暗隐宝玉的人生千疮百孔后，人皆谤的事实。

英莲是众女儿的代表，她活在甄府便是英莲，一朵清洁之荷；安插在众姐妹中却是香菱，已然零落。一个地位不高不低的人，可以涵盖宝玉一生所遇各色女子。第一回甄士隐那段小枯荣，是个帽子，为全书的点睛之笔。作者故意时空交错，提前上演，布下帷幔，是其艺术手法。且香菱这个人物一直延续下来，回转倒流。甄士隐落魄后，投人失尊，也是宝玉最后无人搭救，骂他好吃懒做的真实写照。后来甄士隐抢了褡裢，随那个疯癫落脱、麻履鹑衣的颇足道人飘然而去。《好了歌》的解读，是宝玉对贾府及诸人物的总结概括，算是看破红尘后的人生归期。至于曹雪芹是否真的出家，不得而知，也许只是信笔由之，把思想的梦呓夸大、延伸、具体化。

我们再往前走一步，甄士隐出家后，他的称号是什么？实际作者给予了明确回答，他便是那个访道求仙的空空道人。何为访道求仙？访道求仙意在追求悟境，寻找高明的智者，解除内心困惑。没想到求仙不成，反被一块儿大石绊住，由此有了真正了悟。

那块儿石头便是他的口衔之玉，魂魄而已。绊住自己的还是自己。曹雪芹写宝玉，常常把精神、肉体独立出来。所以他的性爱、婚姻是割裂的，很多时候精神并不在场，或无法左右肉体，这也是他的痛苦所在。宝玉成了空空道人后，自以为四大皆空，可以忘却先前之事，与肉身做个了断。怎奈还是没有走出精神绝地，想忘之事越发清晰，不能真正超脱。

在《红楼梦里的真与假》中，我曾说过石上故事并无章节，只是一方腹稿。这方腹稿一直折腾着曹雪芹，也就是贾宝玉，亦甄士隐。

石头和道士一问一答，是自言自语，肉体和灵魂的一番对话。书中明言曹雪芹用十年时间撰成目录，分出章回，批阅十载，增删五次，这无疑告诉我们两点：一是这部书是写完了的，先是在实际生命里，后是在腹中，最后艺术加工，跃然纸上；二是作者就是曹雪芹，亦宝玉，所以那些说《红楼梦》另有其人者均是无稽之谈，也正因为这部书，曹雪芹给自己重新定位于情僧。所谓的书未成，应该是没补全，有缺处，或整理中。阅者一定看仔细，"书未成"而非"书未完"。未完，多半指未写完；未成，因素颇多，包括未装订成册，未校对完等。

何为情僧？情僧又代表什么呢？

情僧是人，精神和肉体真正合二为一的人，不要以为是和尚。情僧的确立，是曹雪芹对自身真正了结，精神回归肉体的标志。而纸是他的渠道，从此那方石头可以隐去，失去功能，精神肉体不再分割撕扯。

红楼第一回的十六字真言——"因空见色，由色生情，传情入色，自色悟空。"是宝玉的心理历程。笔者曾试着解读过。因空见色，这里的色是外物，空是内心。人之初为空，是虚的，外在的人物景物，予以内心颜色。先由眼睛看到，再投射入心，具体呈现；由色生情指因这些外物的进入，有了知觉，有了爱恨，有了判断，传情入色；即有了感情后再去看外界的东西，便会注入自己的思想，彼此互相渗透；传情入色后，发现外物是不受主观意志控制，是靠不住的，会变化、痛苦与失落，发现能解救自己的还是自己，遂放下一切，归零为空，这便是自色悟空。一切为空后，并不代表无情，而是不再为外物制约，亦无所求，但内心依旧慈悲，保留热度，故称之为"情僧"。

所以情僧是人，指有感情的人。这种感情，不是自私狭隘的感情，而是一种高尚境界，摒弃小我的情感，这是有别常人之处。即做了自己的出家人，而非佛门的出家人，所以《红楼梦》最后有情榜。而宝钗多是理，而非情，这是最大悲哀处。

何为情，情便是爱，一种由己及人、由己及物的爱。我们平日品评别人常说此人重情等话，情的对立面是冷酷。所以红楼绝不仅仅是没落贵族的挽歌，而是作者对人生深刻思考的过程，是一部思想成长史。能使自己走出困境的还是爱，是超越自我、抛去等级的爱。只是他的觉醒早了一步，并没有匹配的文化与之相呼应，这是他的痛苦所在。

载于《散文家》2016 年第四卷

- 第二辑 -

夜读——又及妙玉

睡前随手摸了本书，翻了翻，是沈从文先生的《花花朵朵 坛坛罐罐》。扉页上有友的"对你有用"四个毛笔字题字。名号下有猩红印戳。是本赠书，放在床头，未及细看。里面还夹了张临褚遂良的帖，很规矩的唐楷。纸很白，毛茸茸的宣纸。在浑浊的灯下，衬着黑字，越发清洁。不同我以往用的黄草纸样的毛边纸。

朋友平日习行草，并不爱楷，临这样一张字，无非是知道我练褚帖，有示范之意。我的字并不好，对此付出的心血少之又少，自己是个潦草之人，杂乱的日子，蜻蜓点水样过。每每想起习字，已是夜深人静时分。唯窗外孤月，与一盏台灯寂寞相对，偶有驶过的车声，也是游走时间之外的东西。一张案，一张床，已是人生全部安暖。万籁俱静，不过如此。

书里还夹了张机打的小票和手工填制的发票，两张纸订在一起，针已上锈。日期为1999年2月15日。十九年前的东西了，自然发了黄，像枚旧了的月，夹在灰扑扑的时间里。应该是个春节，也许路上还有雪，买自武汉席殊书屋，具体是个什么样的书屋，现今若何，不得而知。

也曾给朋友在网上下帖，打印出来，附手绘封皮，再一针一针缝好，比买的朴实亲切，且节俭。这种方法，小学二年级时从姑妈那儿习得，自己常钉，后来也给儿子钉。

一本书，呈现的是一串日子，是作者，也是买者，以及与此书有缘的人。

很多朋友赠书给我，皆爱惜。这样的友谊，来自纸的温暖，就像牵过的岁月。

二

沈从文先生的小说，我看得并不多，与同时代的作家相比，我更喜欢张爱玲和老舍的。张爱玲的文字冷翠，有时间性；老舍的文字温暖，语感好。

沈老著作颇丰，写了四十多本小说和散文，后来偃旗息鼓，改行从事文物研究。汪曾祺说他被骂怕了，故找个退路，扎进古物堆里。实是文人喜清静，还是做学问牢靠些，方割爱。此书乃新中国成立后，他的一些学术笔记。

随便看了看，恰恰翻到《瓟瓟斝和点犀䀉》这篇。于红楼并不常看，但情节还是熟悉的，也专门写过妙玉这个人物。瓟瓟斝、点犀䀉的情节发生在第四十一回，属妙玉正传。这个"瓟"应是分与瓜的合写，读 ban，三声，因电脑打不出来，很多人便以瓟代替。《红楼梦》前八十回约有六十一万字，涉及妙玉的并不多，此回也就一千多字，旁处更是寥寥无几，总计也就三四千字，这是粗估。曹侯[1] 在笔墨分配上，对其极吝，远不及黛玉、宝钗，甚至袭人、平儿这些小人物。然此人能跻身于十二钗正册，且名列第六，绝非偶然，可见作者珍爱程度。后世读者虽褒贬不一，尚有微词，皆因自身目光所囿，并未折损其魅力。

---

[1] 曹侯即曹雪芹

一念之差，悖之千里。

沈老此文主要针对1957年人社版再版红楼里的三条注提出的。注里说"斝"是种酒具，"瓟斝"指瓜，宝钗用的瓟斝是瓜形酒具。这显然是错误的，有张冠李戴之嫌。瓜于此指材质，而非形状，这在红学界早已达成共识，不是什么新鲜秘密。当然1957年尚在摸索阶段，发展是一步步肯定过来的。沈老在博物馆工作，过手之物甚多，总有些蛛丝马迹可寻，较别人自有见识和发言权。

"瓟斝"的材质是葫芦，在葫芦幼小时，套上酒具的模子，葫芦便依势生长。长成后，做进一步加工，打磨雕刻等。宝钗用的这只，刻有"晋王恺珍玩""宋元丰五年四月眉山苏轼见于秘府"等字样。王恺是晋武帝的舅老倌，同羊绣、石崇并称三富，王恺曾与石崇拿珊瑚树斗富。民间也常说"貌比潘安，富比石崇"这样的话，可见王恺之富，另外还被苏东坡珍藏过，故十分珍贵。这是我在自己的小书《菡萏说红楼》里，有关妙玉一节里的说词，现在看来尚不严谨。文学的精准有时是艺术的精准，而非单单字面上的精准。

沈老曾言，明清方风行此物。即这种葫芦器，明清时才出现，在此之前，还没有发现类似实物可以佐证它的存在。今故宫文物虽多，也只限于明清，曹雪芹生于清、长于清，对此熟悉，引到书里并不奇怪。但王恺为晋人，苏轼为宋人，与时间均不对榫。

那么"晋王恺珍玩"和"苏轼见于秘府"也就是戏谈了，若当真便被作者骗过。属杜撰，一种含蓄指代，意在用具高档。人社版注的王恺所制、苏轼秘藏，也只是字面直译，并没与史料结合。这种务实是僵硬的，与我一样，系眼界狭窄，学问根基松懈所致。沈老的质疑是可贵的，但不得不佩服曹雪芹编得有鼻子有眼儿，"宋元丰五年四月"

这种字样都用上了。

作者为何如此写呢？

这并不奇怪，红楼里，混淆视听的曲笔隐喻很多。宝玉初试云雨情回，写秦可卿的卧室：武则天用过的镜，赵飞燕舞过的盘，安禄山掷过的木瓜，寿昌公主卧过的榻，同昌公主悬过的帐，西子浣过的纱，还有红娘抱过的鸳枕，琳琅满目，皆有名头。脂砚斋曾批："一路设譬之文，迥非《石头记》大笔所屑，别有他属，余所不知。"其实，这个问题很好回答，作者调侃，暗指可卿居室奢靡。有别于黛玉的清雅，宝钗的简朴，李纨的村野，是曹侯塑造的另处场景，为人物性格和生活状态服务。她们的居室代表的是里面住的人。

瓟爮斝这段，也是作者故意为妙玉所设，凸显一个贵字，意指她出身不凡。虽流落贾府，寄人篱下，原生家庭还是高贵神秘的。包括那只妙玉前番吃茶用的绿玉斗，妙玉就扬言，贾府里找不出一件来。若一个皇亲国戚家都找不出来，连带贾、王、史、薛四大家族皆无，那谁家又能有呢？并且视为平常之物、平常之用。妙玉的出身，就可以好好想一想了。这些我在自己的小书里有关妙玉的章节里提出过，这是我的观点，至今不变。我认为这些珍贵的古玩背后隐藏的是人，拥有它、使用它的主人，也就不难理解妙玉的清高和傲慢了。

三

沈老的观点却不同，他说这节主要写妙玉为人，全书对妙玉持批评讽刺态度。妙玉表面看起来聪敏、好洁、喜风雅，实际做作、虚假、势利。作者笔意双关，言约而意深，清洁风雅只是表面。瓟爮斝和点犀盉这两件器物，前者谐音，后者意会，并非真有其物。瓟瓟斝是班包假的谐音，来自俗语：假不假，班包假；真不真？肉挨心。点犀盉，即黛玉用的那只犀牛角杯子是到底假，为假的、透的意思，均影射妙玉的虚伪。包括给贾母用的成窑五彩小盖盅，雕漆填金云龙献寿的小茶盘均子虚乌有之物。前者仿制，后者不被当时法律许可。即所有茶具都是假的，均指妙玉之假。

于此观念真的不敢苟同，若妙玉果真如此不堪，怎会与宝玉相投，也有悖作者千红一窟，万艳同悲的创作初衷。人是复杂的，所谓为人，不到真格时分，难见风骨。书里明明写道，宝玉对妙玉的看重，妙玉对宝玉的亲近，他们是一路人。只是性格的表现形式不同，妙玉孤傲些，宝玉柔和些。

若单从妙玉对贾母和刘姥姥的态度来品度妙玉为人，忽略旁的细枝末节，文缝里暗透的信息，还是片面了。中国是个等级社会，以座次论高低，现今亦是，可窥一斑。何况那时，贾母是太上老君，吃穿用度与别个自是不同，连屋里的丫鬟都体面些，月例最高，猫儿狗儿皆尊贵。妙玉生活在那个格子里，依附贾府存身，给贾母用个好点儿的茶碗再自然不过。至于嫌脏，属个人行为，洁癖所致，但绝非嫌贫，这点一定要分清。

她和岫烟相厚，从小教其习字，岫烟并不富贵，穷到当衣。岫烟说妙玉"不合时宜，权势不容"可做定评。这八字便拘定妙玉我行我素的性格，并非曲意逢迎之辈。她见惯富贵，也躲避权势。宝玉也说她不合时宜，为人孤僻，万人不入她的目，原不在这些人中算，是世人意外之人。此话说得贴切，岫烟听后都深感惊讶，说："怪不得上年她给你那些梅花。"可见妙玉另眼宝玉，并非因为他是贾府的活龙，正儿八经的公子，也非爱情，而是因宝玉是她的知音。宝玉自己也说："她取我是个些微有知识的。""知识"有知道认识的意思，即明白她，有些不落俗流的见识。

宝玉的话说得很明白，妙玉的存在是个意外，不能算世上之人。她也自称"槛外人"，即不存在人世间这个大房子里，寄居的只是肉身，精神早已游离。这话亦指宝玉自己，宝玉也是个不合时宜之人。焚书、不屑仕途、自言自语，有很多常人不能理解的蹊跷处，在外人眼里亦有病。他不喜欢男人，说男人浊臭，那是个男权社会，实是否定当时社会，嫌脏，等于变着法子骂人。说女孩儿是水做的，水干净，闺阁女孩儿锁在深闺，不接触社会，自然没被污染。已婚女性就保不住了，染了男人之气，同流合污也就成了鱼眼睛。所以，他深爱这些女孩儿，但这也只是表象，他爱的是一个干净的世界，渴望的也是一个干净的世界，是个有精神理想、思想洁癖之人。

妙玉也说自己是"畸人"。"畸"不正常之意。"畸人"即不正常的人，出自《庄子·内篇·大宗师》："畸人者，畸于人而侔于天。"即不同于俗人，却能够"侔于天"与天相通平等。也可以理解为这个世界上剩下的人，这与无才补天，女娲炼就的三万六千五百零一块五彩巨石，多出的那块儿一样，有异曲同工之妙，均是多余之人。他们不与世俗相干，却与自然相谐。所以，妙玉住的栊翠庵花木长得最旺，《红楼梦》里也两次点到。一次四十一回，借贾母之口说："到底是她们出家之人，没事常常修理，自然比别处越发好看"；另一次宝玉讨梅回，即五十回，作者借宝玉之口吟出：不求大士瓶中露，为乞嫦娥槛外梅。"槛外"两字在书里首次出现。嫦娥，妙玉也，天外之人；槛外梅，天外梅，也代指妙玉，愈寒愈艳，愈寒愈翠。妙玉三岁便进入佛门，未在红尘流连，兴趣不在人事上，故万人不入她的目。宝玉也似傻若呆，爱和小鱼、小鸟唧唧哝哝，兜着花往水里跑，哭倒在山坡上。这些情节均有深意，包括黛玉葬花，悼念的不仅是花，更是一个洁净的世界。

岫烟说妙玉"僧不僧，俗不俗，女不女，男不男。"宝玉原绰号为绛洞花主，即花王，道教意义上的护花人。在最后的情榜里，他居首，且只有他一个男子，余者皆是少女。所以，宝玉也是个男不男，女不女，僧不僧，俗不俗的人。出没出家都是个谜，情僧便是他，他是爱的化身，不被性别所囿，是众女儿的精神领袖。所以，看妙玉和宝玉不能以常人视角审度，他们代表一种精神，是精神的流放者、自由者、清洁者。判词里的过洁世同嫌，说的是妙玉，也是作者本人，乃自抒胸臆，可与第三回那两首自嘲的《西江月》对看。

妙玉并非势利，而是性格狷介，保持自身独立。她拉钗、黛吃梯己茶，另置茶具，属看重，非其他。宝钗为贾府的客，黛玉是寄居，均不是正牌主子。妙玉率性，并不虚假，充其量有点儿矫情清高，自顾自的便不大合群。李纨最厌她，自诩老梅，但在《红楼梦》里，真正爱梅的人不是她，是妙玉，且不需要自己渲染。她原来住在苏州玄墓蟠香寺，寺里多种梅花，故收梅花上的雪，储在瓮里，千里迢迢带至京城，钗、黛喝茶用的水便是那雪水。她喜欢范成大的诗，认为汉、晋、五代、唐、宋以来皆无好诗，唯有"纵有千年铁门槛，终须一个土馒头"这句好。范成大喜梅，据《苏州志》记载，他晚年隐居苏州，种梅，还著有《梅谱》一书。以此可知，妙玉与梅的情缘颇深，凌寒独自开的是她，而不是李纨。李纨是世俗的殉道者，表象之梅。

读《红楼梦》是个过滤的过程，不需要追随任何人的裙裾。读书也是个甄别过程，张爱玲在二详里曾怀疑妙玉给宝玉用的那只"绿玉斗"，"斗"字是"斝"字的简写，否则"斗"仿佛是形容它的大，妙玉平日不会用特大的杯子吃茶。可见张爱玲那样聪明的人，看了一辈子《红楼梦》，也有钻牛角尖的时候。其实很好理解，"斗"在这里，指的是形状，而非大小，方口酒具而已。如"斝"圆口样，加以区别。读红楼，每个人都有恍惚、胡思乱想的时候，无论多熟悉文本，涉猎多广，理解都难免差池。因为研究红楼不仅是学术问题，还有日常人心、个人经验在里面。对人之解读，挖地三尺，打破陈规，若只揪住一点，便入了黑白两道。

所以，我们尊重书本的同时，更应该尊重自己的思维。

感谢朋友赠书，这本书对我的确有用，里面涉及颇广，内容包括古镜、陶瓷、刺绣、丝锦织物林林总总，艺术门类诸多。还谈到我多次观瞻过写过的江陵马山一号墓出土的战国丝绸，另有沈老与周汝昌的通信，对"杏犀䀉"的质疑。

读书于我，也只是催眠，看着看着就睡着了，梦里仍会纠结一些想法。虽天马行空，忽东忽西，但也纯粹，权作一种逃避世俗的方式方法。

载于《北方文学》2019 年第七期

司棋的性格及情事

一

司棋是迎春的大丫头，具体长相若何，书里没描写。只晓得她体貌丰壮，块头有点儿大，出落的应该不俗，七十二回有品貌风流四字。第七十六回，周瑞家的把她带离大观园，称其为副小姐，可见平日行止，亦婆子们口中说的"大样"。姑娘们的大丫头，侍书、入画、紫鹃、莺儿等，均没此殊荣，亦见其性格。

她伺候的姑娘是迎春，迎春是个性情温静之人，对下人宽泛，即便偷了她的东西，或在她面前吵吵闹闹的，也不过心。而司棋恰恰相反，性格刚烈，多生猛处，故许多人说她们主仆错位。实不然，迎春系千金小姐，修为教养不在一个层面，故无可比性。

先说下司棋为何能成为迎春的大丫头。贾府的主子并不多，就那么十几个，几乎都是奴才。大丫头在小范围内，特定的环境空间里属要职，一人之下，众人之上，不是那么容易当的。不仅要有本事，还要投主子的缘法。先不说司棋做事如何，作者并没明言，书中渲染的多是她的性格和情事。从宝玉、迎春对其态度上看，司棋是个很不错的人，和迎春感情亦好，只是性格外露些。

贾府的关系很复杂，盘根错节。宝玉的大跟班李贵，是其乳母李嬷嬷的儿子。大总管赖大是贾政乳母赖嬷嬷的儿子，都有一定的渊源背景。第二十六回佳蕙就说过："可气晴雯、绮霰她们这几个，都算在上等里去，仗着老子娘的脸面，众人倒捧着她去，你说可气不可气？"这里有老子娘的字样，即后台。其实，晴雯是孤儿，并无老子娘，要说依靠，依靠的也是赖嬷嬷和贾母。这里透露的信息无非就是背景很重要。当然，也有自己干得好，深得主子心，家人跟着受益的。比如鸳鸯，她哥哥是老太太那边儿的买办，她嫂子是老太太那边儿浆洗的头儿。买办是个肥缺，探春兴利除弊回专述过。晴雯的哥嫂，尽管不是亲的，因老太太喜欢晴雯，其哥嫂才得以进府，谋上差事。

贾府除了"主动脉"外，"毛细血管"也相当错综复杂，各有连带，互为牵制，这样才合理。司棋的后台是谁，为何能成为迎春的首席大丫头呢？这就要说到王善保家的，司棋的外婆。

我们知道，这个王善保家的不是个省油的灯，多有谗诉，最厌晴雯，在王夫人面前上过签子、使过坏。第七十四回抄检大观园，是她的正传，出尽风头，也备受凌辱。探春打了她一大嘴巴子，说她："你是什么东西，敢来拉扯我的衣裳！我不过看着太太的面上，你又有年纪，叫你一声妈妈，你就狗仗人势，天天作耗，专管生事。如今越性了不得了。你打量我是同你们姑娘那样好性儿，由着你们欺负她，就错了主意！"这句话很重要，几乎是她的总括。一是点明她没自知之明；二是之所以平日里容忍她，是因为太太的面子。这里的太太是大太太邢夫人，意在言她们关系之厚；三是说出其为人，天天作耗，专管生事，即专门挑事拨非，造谣诬陷之能事；四是明言她们欺负迎春。除此外还有另层深意，即我非你家的姑娘，你得悠着点儿，属两家人，手不要伸得太长。当然还不忘提醒她主仆观念，所以才有"你是个什么东西"。

王善保家的到底是谁，为何与邢夫人如此之厚？书中说得很明白，她是邢夫人的陪房，这是其主要身份。陪房是一个很厉害的角色，周瑞家的因是王夫人的陪房，故很得宠，凡内里机密之事均有她参与，比如凤姐私访尤二姐、抄检大观园等。即便女婿冷子兴惹上官司，也轻描淡写，不当回事，晚上求求凤姐便完事了。旺儿家的也是王熙凤的陪房，凤姐放高利贷、私密老尼等事宜，她均知晓。

第七十六回，旺儿家的依势霸成亲，无不显示陪房力量的强大。她们皆是女主人从娘家带来的心腹，女主人得势，她们自然风光。在贾府，能与其制衡的只有乳母，要不这条大船便会倾斜，甚至翻掉。乃夫家、娘家两股势力。王善保家的是邢夫人娘屋里的人，随其一起嫁了过来，属邢夫人的宠奴。第七十四回，便是她送的绣春囊。绣春囊，春色之物，上面有两个小人赤身性爱，傻大姐在山石后发现的。

这是件了不得的事情，在当时，《西厢记》都是禁书，何况这等直观情色之物，况且大观园住的皆是未出阁的青春少女，尚未解人事。所以此事重大，有关风化。邢夫人便让王善保家的密送过来，可见对其信任。王善保三个字是反义，非善，作者语意双关。书里有一句："王夫人向来看视邢夫人之得力心腹人等原无二意。"可知她们各有心腹，也揭示出王善保家的身份。这句话说得暧昧，若无二意，何叫心腹？一笑！世间之事本这么冠冕，均不可信。

邢夫人还有一个陪房叫费婆子，也很猖狂，贾母过生日回，隔着那边墙骂贾政这头。费，在这里通废，废物废弃，闲置不用。王善保家的，却是邢夫人最厚密嫡系之人。何以见得？第七十五回，邢夫人的胞弟邢德全对贾珍有这样一番话，他说："老贤甥，你不知我邢家底里。我母亲去世时我尚小，世事不知。她姊妹三个人，只有你令伯母年长出阁，一分家私都是她把持带来。如今二家姐虽也出阁，她家也甚艰窘，三家姐尚在家里，一应用度都是这里陪房王善保家的掌管。"

意思是说即便现在，邢夫人虽出嫁多年了，还把持着邢家的家私，而具体掌管钱财之人正是这个王善保家的，可见和主子的关系非同寻常，属得力干将。实是邢夫人的投影，可窥一斑。

王善保家的和主子如此之好，她的女儿嫁给谁我们并不知晓，但应该姓秦。第六十一回，有个秦显家的接手柳家当厨房主事之职，书中补出是司棋的婶娘，司棋父亲弟弟的老婆。古代女子出嫁后，便没了姓名，随夫叫，秦显家的，意在丈夫叫秦显。以此类推，得知司棋也姓秦。这个秦显是贾政这边儿的人，他哥哥司棋的父亲是贾赦那边儿的人，属不同主子。王善保家的女儿嫁给秦显的哥哥后，生下司棋，司棋从小跟了迎春。若无很硬的后台，办不到，一切都有赖王善保家的。这是一个美差，事少、差轻，又体面尊贵，和小姐差不多，还可养尊处优。

王夫人说过，伺候小姐的原比别人的娇贵些。司棋背景强大，加之迎春懦弱，对其没约束管教，也就越发骄横。眼空似箕，在所难免，顺理成章的事儿，于其性格的成因也大有关系。不像侍书，探春一个眼神便知道该干什么去，即所谓的强将底下无弱兵；也不像莺儿，宝钗扫一眼，便不敢多言；更不像紫鹃温柔娴静，有教养。司棋带着她那边儿的血统、家教，自有其泼辣处。

二

司棋有点儿俗，不拘小节。第二次出镜便是系裙子，实是为偷情回埋伏笔。第二十七回，适逢芒种节，饯花之期，满园飘带，彩绣辉煌。小红被凤姐使唤，司棋站在山坡上有一个镜头，一句台词。那时，她刚从山洞里钻出来，小解完毕，衣衫还未整理好，正低头系裙带。

曹侯写得很隐晦。脂砚斋批："小点缀，一笑。"她和小红有句对话，小红问："姐姐，不知道二奶奶往哪里去了？"司棋道："没理论。"回答得很简短，就三个字，也不和软。这是她的性格，另外不注意小节。小红那时还是个不得志的小丫鬟，尚未显示机括志量。

司棋再一次出场是六十一回，很丰富的一回。主要为下层人物画像，着墨极为漂亮。作者笔走龙蛇，无所不至，活现底层人物的生活样貌。尤其口语对白，俏皮泼辣，状若流水，随口而出的骂功更是炉火纯青。里面涉及人物众多，脉络复杂，像张网，自上而下，密密罩了几层。虽是蜉蝣，却各有个性，皆尖牙利齿之辈。

说司棋，得先说下她的主子迎春。迎春是贾赦之女，母亲已死，邢夫人并非她的亲娘。荣国府已分家，贾母和贾政一起过，贾赦单过，另设大门。贾母因喜欢女孩儿，便把迎春从贾赦那边儿弄了过来，带在自己身边。大观园落成省亲后，也就迁了进来，等于说一直生活在叔叔家。司棋跟着迎春，也是这番情景，依旧属大老爷那边儿的人。从后面赌局事发，邢夫人兴师问罪；司棋情事败露，被送过去，和迎春定亲后被接走，均能看出这点。再者王夫人和周瑞家的也一再提及，不便管，有棘手之意。迎春是个平和美丽安静的小姐，不多事，没多大恨性和嫉妒心，对下人宽容，遇事不计较，仆妇便猖狂些。在其乳母和乳母的儿媳妇王柱媳妇，以及司棋身上多有体现。

迎春说白了是寄居，司棋是她的丫头，同样如此，并非真的主人。大观园里真正的主人是宝玉、探春，还有李纨。别的小姐也均不是，故她们的地位与宝玉、探春无法比。贾政这边好礼，宝玉和探春都很低调，读者有时难免产生错觉。但书中角色还是心知肚明的，因不是自己家，便多有羁绊顾忌。主子还罢了，奴才们最不好对付，厨房的柳家便是一例。这并不难理解，属司空见惯的势利之心。所以迎春的小丫头莲花传司棋的话，让柳家蒸碗鸡蛋，要嫩嫩的，柳家便推三阻四。若宝玉和探春的手下去，会怎样？毫无疑问，将是另番景象！

莲花很生气，说又没吃你的，又不是你下出的蛋。话说得很难听，颇有司棋之风。还牵出上次豆腐是馊的，回去被挨骂一事。柳家的也不示弱，反齿相讥，说了一大堆车轱辘话。除告艰难外，还拿探春、宝钗做例，堵她的嘴。说小姐们另要，皆额外拿钱云云。总之，针尖对麦芒，都够厉害的了，对话相当精彩。事情明摆着，是柳家势利。

小姐、丫鬟都有分例，贾母心疼这些孙子、孙女，怕冬日寒冷，吃饭来回走动，风灌进肚子里，故在园内另设厨房，起方便之意。像黛玉那种有一餐没一餐的，自然会省俭些，分例是吃不完的。厨房徇私，想有落头，又想溜须紧要之人，故厚此薄彼，这也是大家庭常态。又牵出晴雯要吃芦蒿，柳家赶着洗手炒了，狗颠儿似的亲捧了去，典型的看人下菜碟。柳家的存有私心，想让自家的女儿五儿补怡红的缺，也就殷勤些，和芳官相厚，变着法儿地讨好、溜须晴雯等人。

莲花回去后添油加醋说了番，司棋就受不了了，带着一帮小丫头，大闹厨房。因前面已伏下豆腐之事，故彻底爆发。连摔带扔，乌烟瘴气，吵闹了番。后来柳家的蒸了蛋派人送去，也被司棋连碗带蛋泼了一地，足见气性之大，性格之暴。这件事闹得很大，迎春和其他各房的人不可能不知道，却毫无反应。因司棋是大老爷那边儿的人，这边儿的人并不好说，就不了了之，遂翻篇。但不管柳家的如何，司棋的举动还是很过分，要知道这不是你的家，有些事没可比性。

黛玉就深谙此道。第四十五回，秋天到，黛玉犯疾，又开始咳嗽。宝钗探视，建议她吃些燕窝滋补下。黛玉就说过这样一番话："老太太、太太、凤姐姐这三个人便没话说，那些底下的婆子、丫头们，未免不嫌我太多事儿了。你看这里这些人，因见老太太多疼了宝玉和凤丫头两个，尚虎视眈眈，背地里言三语四的，何况于我？况我又不是他们这里正经主子。"此处可看出黛玉的敏锐和自知自明。大家族非我们想象的那么简单，即便奴仆也不能小觑。奴仆后面有不同的主子，整府大体由奴仆组成。虽是贱籍，但都有靠山，有的奴仆比旁的主子还体面，甚至不把旁的主子放在眼里的大有人在。第五十五回的标题后半句便是"欺幼主刁奴蓄险心"。幼主，探春也，只是她们错打了算盘。看红楼有个很奇怪的现象，正文都很和缓，直托事实，并不肢解，空发议论。然而标题却凌厉，直指命脉。

三

以上是司琪的性格，再来看她的情事。

到了第七十一回，贾母过八十寿辰。晚上鸳鸯进园有事儿，回去时要小解，便走下甬道，绕到一块湖石后。猛听一阵衣衫响，这里写得很传神，未见人，已闻声，不用明说，读者已了然于心。鸳鸯隐约看见两个人影，司棋高大，又穿着红裙子，一眼便认了出来，也就喊出了名字。司棋躲闪不及，内心有鬼，以为性事暴露，便含泪跪下，那个小厮也爬了出来，磕头如捣蒜。

心性高傲的司棋为何如此害怕？可见此事非同小可，她是知其后果的。这样的事情做不得，被撞到便是死路一条，比绣春囊尤甚，这叫现行。事后，那个潘又安跑了，你看怕成啥样，司棋也病倒了。

作者安排周密，忙中又忙，因其忙，给潘又安制造了机会，也是原本计划好的。贾母庆生，热闹非凡，人们注意力分散，顾不了许多。尤氏前一日便见园中正门与各处角门未关，还惹出一场风波，也是为司棋这事儿埋伏笔。

鸳鸯是个好人，好到什么程度？不仅守口如瓶，还担心司棋吓坏了，为此丢了小命，又前去安抚一番，赌咒发誓让她放心。鸳鸯是《红楼梦》里第一大丫头，不仅品端貌正，还具人性之光。无论从拒婚、典当、蜡油冻，还是司棋之事，均能看出她的可敬可爱，仁厚侠义。平日并不多事儿，是个值得信赖之人。李纨说她公道，倒不依势欺人，一点儿不错。鸳鸯心正，她的正绝非左，而是能从人性幽微良善处出发，若是碰到一个假正经心灵阴暗的，或自以为正统的会怎样看待对待司棋，更别提那种一味打听新鲜、传播是非之人了。

但事物是有连锁的，躲得了初一躲不了十五。因那日慌乱，把绣春囊遗落在山石那。书里一会儿说山石后，一会儿说山石上，我个人倾向山石后，不慎掉落所致。至于是不是司棋和潘又安的书里没明写，有人猜测他人。鄙人不苟同，认为应该是潘又安的，绣春囊为市卖品，很粗糙。掉落也是从他身上掉落的。后来被傻大姐误拾了去。傻大姐不识春意，摆弄着玩儿，又被邢夫人得了去。邢夫人是个心胸狭隘之人，贾母偏心，一直不太作兴她。她正一腔怨气无处发作，没承想机会来了，故将绣春囊让王善保家的送了过来，实是察看王夫人如何行事，起监督作用。

绣春囊成了导火索，拉开了抄检大观园的序幕。一路查过来，除入画出了点儿纰漏，皆相安。凤姐巧妙地保护了宝钗，说外人不能查。这个外人，是王熙凤姑妈的女儿，王熙凤娘家那头的表妹，亦徇私。别的都查了，黛玉也没放过，查到迎春那出了问题。这回司棋没躲过，露了马脚，王善保家的虽一再掩护都没成功。正因为司棋是王善保家的外孙女，周瑞家的和凤姐才盯得紧，亦见平日龃龉之深。

周瑞家的从箱子里擎出一双男袜和一双缎鞋，还有一个包裹。包裹里有一个同心如意并一个字帖儿。如意是种象征吉祥的器具，头呈云形或灵芝形，柄微曲，多以玉、骨制成。同心如意，上面刻有两个心形交叉图案的如意，属爱情信物。谁给的？潘又安。字帖儿是封小信，以此看出这个潘又安和司棋多少是识得几个字的，要不不会有书信来往。书中有句："别人并不识字。"即跟去抄检的人都不识字。谁跟了去？书中说得明白，五家陪房，可见这是陪房的天下，皆王夫人和凤姐的心腹。她们都不识字，属文盲。

里面凤姐因当家理事，每每看开帖账目，认得几个字，并念了出来。第六十三回宝玉过生，群芳开夜宴，在没请诸位小姐前，宝玉说得行个令。袭人就说了："斯文些的才好，别大呼小叫，惹人听见。二则我们不识字，可不要那些文的。"这里就有不识字的字样。所以，妙玉那个拜帖放到桌上，谁都不知道写的啥。曾有两位朋友在我的一篇小文后面留言，谈及脂批。一个问可知脂砚斋是谁，另一个答，是那个闲闲的麝月呀！实是不成立的，麝月不识字，即便以后成了姨娘进行学习，也没那么深的修为，更别谈和作者有相似的成长经历了。

这个贴儿是大红双喜笺帖，不是随便的一张纸，很郑重的那种。庚辰双行夹批："纸就好。"余为司棋心动。实际这个潘又安对司棋还是很用心的，他俩青梅竹马，有很好的感情基础，非常不错的一对儿。信上写的什么呢？内容如下："上月你来家后，父母已觉察你我之意。但姑娘未出阁，尚不能完你我之心愿。若园内可以相见，你可托张妈给一信息。若得在园内一见，倒比来家得说话。千万，千万。再所赐香袋二个，今已查收外，特寄香珠一串，略表我心。千万收好。表弟潘又安拜具。"即要求相见，幽期密会之意。

文中两次提到园中相会，颇觉啰嗦，也见急切。另外还说了，司棋给他的香袋已收到，现回赠一串香珠，即两人私表信物，在偷偷恋爱。也能看出这个司棋非常痴心，两个香袋是她一针一线缝制的，搜出的鞋袜也是趁无人时偷做的，只是没来得及送出去，就被查到了。当然，这时潘又安已经跑了，此乃司棋一大痛心、灰心处。而这个潘又安亦自私，一心想进园私会，并未顾及司棋的危险，且买通了张妈。这个张妈也不是什么好东西，入画的银子也是她私相传递的。即便鸳鸯永远不说，绣春囊没遗落，抄检没发生或未抄检到，司棋的事儿早晚也会浮出水面，张妈便是暗伏的另一枚炸弹。

可恨的是这个潘又安竟跑了，痴心的司棋还保存着给他做的鞋袜，竟成了罪证。他们的爱情多少与茗烟和万儿、秦钟与智能儿还是有区别的。潘又安有娶司棋之意，且父母已然察觉，彼此也算真心。不像茗烟连万儿的名字年龄都不知晓，秦钟也不管能儿是否尼姑，反正就那点事儿，靠性支配。这些是宝玉，即曹雪芹批评的爱情观，真正的爱情需设身处地为对方着想。所以，曹雪芹并不看好《西厢记》，这是令人敬爱的，比历来书写者高出数辈。也是作者自命不凡，在第一回大书特书《红楼梦》的与众不同处。但潘又安还达不到这个层次。

事情发生后，凤姐怕司棋寻拙志，派两个婆子把她看了起来。接着凤姐病了，又过了中秋，也就是几天过去了。这几天一直很安静，大太太那头儿一点儿动静都没有。王善保家的回去后被邢夫人打了一顿，嗔其多事。这个多事不可简单理解成王善保家的不该参与，如果查出他人便不会这么说了。因查到的是司棋，他们那边儿的人，觉得丢面子，搬起石头砸了自己的脚，这才恼怒。不可错会。脂批多处对邢夫人进行讨伐，非常严厉。邢夫人那头儿并没对司棋之事进行处理，王善保家的也装病，还幻想事情平复后，不了了之。既然查出，王夫人肯定要有所作为，想和大太太商量，看咋办。

周瑞家的很不简单，心眼儿多，是个狗头军师。出主意说不能这样，原话如下："如今我们过去回了，恐又多心，倒像似咱们多事似的。不如直把司棋带过去，一并连赃证与那边太太瞧了，不过打一顿配了人，再指个丫头来，岂不省事。如今白告诉去，那边太太再推三阻四的，又说既这样你太太就该料理，又来说什么，岂不反耽搁了。"即斩尽杀绝，没留回旋余地，直接把司棋开了，可见平日矛盾之深。就这样，司棋被撵了出去，迎春不舍，滴下泪来。司棋央她求情，迎春并无作为。这本是她的个性，讲无为，信道教。实际即便迎春求情，也是没用的，王夫人杀心已起，这次是大清理，谁求情都枉然。要知道王夫人并非面团，在娘家当家时就阔朗，只是藏拙，不露声色，内心却极有成算。

故事到此就结束了，至于后面司棋是不是被打，或指派个小子完婚就不知道了。续书写得别开生面，颇戏剧，那个潘又安又回来了，并带了一匣珠宝，两口棺材，和司棋双双殉情了。司棋的爱情有了完美的结局，变得高大、冷艳立体起来。着实令人刮目相看，是整部红楼爱情里的一大亮点，也是后四十回奇丽处，很有悲剧美！亦不负司棋的一腔痴情和平日的高傲，叙得也极动情。

司棋这样说："一个女人配一个男人。我一时失脚上了他的当，我就是他的人了，决不肯再失身给别人的。我恨他为什么这样胆小。一身作事一身当，为什么要逃！就是他一辈子不来了，我也一辈子不嫁人的。妈要给我配人，我原拼着一死的。今儿他来了，妈问他怎么样，若是他不改心，我在妈跟前磕了头，只当是我死了，他到哪里我跟到哪里，就是讨饭吃也是愿意的。"可见司棋心性纯洁，非水性之人，也烈。她妈不依，她便撞了墙。那个潘又安也另有风度，镇镇静静随司棋去了。原是到外面发了财，回来要娶司棋的。事情是不是如此，不得而知，财是不是那么好发，也不知道。但续作者就这样写了，且令人动容，也就只能为司棋落捧热泪。

在那个时代，很正常的青春之恋，被贴上了标签。时间滑过二百多年，司棋在读者心中依旧活着，那么鲜明，这便是她的魅力。

平儿的腾挪和人气

一

看过一帧照片，朋友拍的，一方浅绛彩瓷花盆的侧面。图中月牖轻悬，桐阴低蔓。牖下女子春衫薄软，云鬟松绾，正在揽镜自照。题曰："错把钦鸱当凤凰，纷纷恩怨漫相偿，一到孤女零仃托，不枉梧桐泪几行。"钦鸱，一种恶鸟，代指王熙凤。是画师根据改琦的本子绘的平儿，为《红楼梦》四十四回平儿理妆的场景。

平儿理妆，要从凤姐过生做寿说起。凤姐寿宴，贾琏得便偷人。凤姐窗外听到淫夫浪妇床上狎昵，咒其死，要把平儿扶正等语，顿时酒涌醋翻，回身先打了平儿，再踢门而入。平儿抱屈，抓打鲍二家的，又被贾琏踢骂。凤姐荼毒，贾琏欺辱，可见平儿一直生活在夹缝中，腾挪不易，稍有不慎便成为他们夫妻的出气筒。

事情闹罢，安静下来，贾母知其原委，让他俩安慰平儿。先是贾琏顾不得，赶上来说："姑娘昨日受了屈了，都是我的不是。奶奶得罪了你，也是因我而起。我赔了不是不算外，还替你奶奶赔个不是。"即赔了双重不是。但平儿没等凤姐开口，先上前跪下磕头道："奶奶的千秋，我惹了奶奶生气，是我该死。"这就是平儿，可以无视贾琏，却把凤姐放在心上。即便受尽委屈，也要给足自家小姐面子。这样的丫头哪里去找，焉能不让人喜欢。同时也知，平儿伴虎，好则便好，不好便是这个下场，此乃真实写照。

所以一直想写下平儿，她是红楼里最聪慧的丫头，没有之一。红楼四大丫头——金钏、袭人、鸳鸯、平儿，分别为权利核心房中的首席，也是湘云送绛纹戒指的四位得主。金钏娇痴火热，死了；袭人老成笃定，自诩蠢笨，结党上攀，也算通房；鸳鸯，胡兰成曾赞其洁净，不染烟火；平儿的出色是无人比拟的。丫头中聪明的虽多，晴雯、小红、紫鹃、莺儿等，但聪慧的却少。若想从这个丫头身上找出点儿瑕疵，实难。就连那么点儿俗气，也是凤姐和贾琏给的，长期复杂环境熏染、历练出来的。王熙凤是个痛快人，声口简断，看不得扭扭捏捏、哼哼唧唧之人，说过平儿难道必定装蚊子哼哼方是美人了？故后来，平儿无论在处事机敏果断上，还是话语简便处都与之毕肖，只是不乏宽容迂回，初衷善心。这是可贵之处，亦和其出身有关。

平儿是凤姐从娘家带来的，属陪嫁，活动嫁妆。小时即伺候凤姐，无父无母，是王家购买的。凤姐出嫁时，与其他四人同来，遂归贾府。那三个呢？书中没表。第三十九回平儿曾透露："先时陪了四个丫头，死的死，去的去，只剩下我一个孤鬼了。""孤鬼"二字触目，可见如履薄冰，活着不易。所以李纨说："你倒是有造化的，凤丫头也是有造化的。"即双赢。至于旺儿家的应该是整房陪送，全家齐来。细看红楼，会发现凤姐用的都是自己人。平儿贴身，旺儿媳妇在府内跑腿，旺儿在外得力，像放高利贷、追杀张华、金哥案嘱文修书类，全赖他。

第七十二回，来旺妇倚势霸成亲，想要彩云做她家儿媳妇。贾琏听管家林之孝讲，来旺儿子吃酒赌钱，无恶不作，便心下犹豫。凤姐便说了："我们王家的人，连我还不中你们的意，何况奴才呢！"可见来旺儿子亦属王家。来旺起初绝不会是贾府之人，并年长贾琏、凤姐很多，儿子已十七岁，到了婚配年龄。也看出，奴才随主子过来，能依靠的还是自家主子，主子荣耀自己方得势，虽不至呼风唤雨，但遇事好办，是真。周瑞家的也是如此，千万不可错会。"旺"通"汪"，有靠主人兴旺之意，也有狗的意思。红楼多用谐音。"来旺妇倚势霸成亲"这个"倚"指的就是王熙凤。贾琏妥协，最后他们得逞。

那三个陪嫁丫头为何不在了？答案很简单，随环境变化抵牾渐生，得罪了自家小姐，因而被清理。无非春色泛滥，与贾琏有染，令凤姐不适。贾琏虽粘，但温情，一般不强人所难，只淫不威。威的是凤姐，所以平儿方能从容应对，顾忌的多半是凤姐。而那几个战歿错误，自以为聪明，认为只要讨得男主人欢心，便可借力高扬，青云直上。只可惜终是无根之絮，死路一条。她们没看看是在同谁争男人。凤姐是有名的醋瓮，她来贾府之前，贾琏房中已放有两个丫头，这两个也未能幸免，皆被解决，何况带来之人。

后来凤姐怕名声不雅，说她不贤良，才让平儿做了通房大丫头，即那几个想做没做到的位置。为何别人不能，平儿却行？一是平儿洁身自爱，无非分之想，没能成为凤姐嫉妒的目标；二来赤胆忠心，处处维护凤姐，时时替她着想，即贾琏说的："谁不知你们一口贼气"。再者她能清醒分析事态，知道有些事情的严重后果。这是明智，也是智慧，能保命便是大智慧。

曹侯定义平儿，用了一个"俏"字。书中多次渲染，仅回目平儿的笔墨就占去四回。如俏平儿软语救贾琏、俏平儿情掩虾须镯等。可知她温软可爱，需和凤姐的脸酸心硬对看。很多人说平儿是俏也不争春，其实不是争不争的问题，关键是拿啥争，姿色、心机、地位还是背景？姿色自不用说，是个美人胚子，贾母说过，宝玉也赞其清俊，上等女孩儿，这都是见过世面、审美不俗之人的论调。李纨也讲过她模样体面，刘姥姥亦把她错当成凤姐，可知平儿不仅容貌清丽，还气质不俗，但光有这些是不够的，王熙凤也不弱。另平儿本是王家旧仆，单枪匹马，拿什么和凤姐显赫的出身、强大的阵容相比，况贾琏又是一个喜新厌旧、靠不住之人。看一看赵姨娘，凭着生有一哥一姐和贾政喜欢，瞎闹腾，实狼狈。所以不争也罢，争的后果，不说那几个，尤二姐便是一例。

何为通房大丫头？通房大丫头，属男主人公开性质的女人，但不是妾，身份比妾低，介于丫头和妾之间。妾，一脚门里，一脚门外，属半个主子。月例提高，单立一房，有丫鬟伺候，如赵姨娘。但平儿不是，虽然宝玉说她是贾琏之爱妾，凤姐之心腹，但不是确切定位，尚属候选。意在说她不简单，既能博得贾琏喜爱，又能获得凤姐信任。我们通看历史，翻遍红楼，这样的女子有几个？无不是为一己之利，个人之私，弄得家翻宅乱。平儿本事，没有小家子气和私欲，"不像那媚魔道的"，这是贾母的话。所以宝玉叹以贾琏之俗、凤姐之威，她竟能周全妥贴。至于通房，也叫收房。有解是自己的卧室和主人卧室相连，得以近观春色，或上前伺候，受邀参与。另说房是房事之意，与主人同睡一屋，床是拔步床，为房中房，便于夜间服侍。

问过一个研究《红楼梦》建筑的朋友，说凤姐房是一进院落，三间正屋。书中第六回刘姥姥进府，言明东屋是巧姐和奶母的，那么西屋便是贾琏、凤姐睡的了，平儿也应居此。也许窗下有炕，白日贾琏、凤姐吃饭用，晚上归平儿。评红楼，功夫往往在书外，知识匮乏，便很难界定。第七回，周瑞家的送宫花，凤姐与贾琏白昼行房，丰儿坐在凤姐的房门槛把守。少顷，传来贾琏说笑声，平儿拿大铜盆出来，喊丰儿舀水进去。此处虽书凤姐风月，也顺带点出平儿的职责和角色。在现代人眼里，多少是尴尬的。

凤姐能留下平儿，是双方面的。一是她需要这么个人，作为心腹臂膀。像李纨说的："凤丫头就是楚霸王，也得这两只膀子好举千斤鼎。要不是这丫头，就得这么周到了！"二是平儿自始至终做得很好，即便成了通房，一年也不让贾琏近身一次。深知唯有这样，才能减少凤姐的妒意。凤姐醋大，若平儿、贾琏两人一二年间在一起一次，都要在心里掂几个过，是件极不舒服之事。平儿是她肚子里的蛔虫，焉有不知，便放弃。这意味着不仅放弃了性爱的权利，同时也放弃了生子的权利，以此换取平安。

第二十一回，巧姐出痘，贾琏外书房斋戒。半月搬回，枕头里抖出一缕青丝，是贾琏和多姑娘的苟且之物。平儿掖在袖内瞒下，并没告诉凤姐，转头来询贾琏，被抢去。贾琏喜其娇俏，搂着求欢，平儿夺手跑掉。文中有一句："没良心的东西，过了河就拆桥，明儿还想我替你撒谎！"这是平儿对贾琏说的，可知平儿对凤姐不是愚忠，经常替贾琏遮掩，为此深得贾琏喜爱。她手里既有凤姐的把柄，也有贾琏的短处，但到此为止，从不过话。矛盾处，颇见平和。所以叫平儿，风平浪静，平息事态之意。平儿本也不是兴风作浪、逞口舌之人，知道啥该说，啥不该说，家里也就相对安静些。夫妻欢，妻妾睦，这是平儿的手腕，也是痴心。

回至上文，平儿跑到窗外，两个人隔着窗户说话。平儿说："难道图你受用一回，叫她知道了，又不待见我。"表明了自己的难处，也是实话实说。贾琏发了会儿狠，无非惧内之人背后诽语，不可当真。这时凤姐走来，说："好儿好儿的，咋不在屋里说话。"平儿回说："屋里没人，我在里面干什么？"凤姐话中有话，笑说："没人才好呢！"平儿一听正色道："别让我说出好听的了。"然后也不给凤姐打帘子，自己摔帘子先进去了。

蒙双行夹批："笑字妙！平儿反正色，凤姐反陪笑，奇极意外之文。"实际一点儿也不奇怪！平儿为何敢一反常态摔帘子？是因为凤姐理亏。在封建社会，妾对上虽是仆，但在性爱上是平等的。有权要求，妻不能妒，妒是七出之一，要被休掉。这些，在妻妾关系中我曾说过，这里就不累赘。所以凤姐不好发作，只说："平儿疯魔了。这蹄子认真要降伏我，仔细你的皮要紧！"当然这属特例，只是一点儿花絮。素日她对凤姐还是忠心耿耿，尊礼守制的，只是在性方面有那么点儿不可言说的微妙。

二

以上是情，再说钱。都知平儿是凤姐的臂膀，那么看她如何行事。

先说平儿帮凤姐弄钱。第七十二回，贾府内瓤子上翻，开始穷了下来。接二连三的事让贾琏喘不过气，便求鸳鸯暂且把老太太查不着的金银家伙，偷着搬运出一箱子来，暂押千数两银子，支腾过去。怕鸳鸯不允，又让凤姐晚上去说，并说成了谢她。这时平儿开始替凤姐敲诈，一旁笑道："奶奶倒不要谢的。昨儿正说，要做一件什么事，恰少一二百银子使，不如借了来，奶奶拿一二百银子，岂不两全其美。"你想想，统共才押一千两，就要抽去一二百的头，多不多。凤姐道："幸亏提起我来，就是这样也罢。"

贾琏一听就急了："你们太也狠了。你们这会子别说一千两的当头，就是现银子要三五千，只怕也难不倒。我不和你们借就罢了。这会子烦你说一句话，还要个利钱，真真了不得。"凤姐当时就火了，翻身坐起说了一大堆夫家、娘家的话，实是转移视线。贾琏听后软了下来："说句玩笑话就急了"。凤姐也就借坡下驴，说后天是尤二姐周年，我们好了一场，是想给她上下坟，做冥资用。

先不说上坟需不需要这么多，只说凤姐机变，编故事。贾琏听后颇感动。凤姐是个没几句真话的人，均胡扯，若她和尤二姐也叫好，那就没坏的了。那是两命，活活的男婴被她假人之手弄掉，断了贾琏的血嗣。于己有利，对贾府那是罪。所以说人嘴两张皮。脂砚斋曾批，她戏贾琏若婴儿，但抽头是平儿提起的。也能看出贾琏有软弱的一面，凤姐、平儿有贪婪的一面。

贾琏借当抵押是为了公账，钱还没到手，便被分去二百两。即便以后有了租金或其他来路赎回，多余的窟窿尚要补上，搞的依旧是贾政的鬼，这也是两口子不放权的原因。公益心是个含糊概念，所谓的在叔叔家帮忙，可不是白帮的，这是在内瓤子翻上来之后，繁华时不知该怎样。作者见缝插针，从不忘带上一笔。

再看平儿替她瞒钱。第十六回，贾琏和黛玉从苏州回来，在房里说话，凤姐听到堂屋有人，便问是谁？平儿谎称是香菱妹子。待贾琏走后，才说是旺儿嫂子来送利钱，并说来旺家的越来越没成算，挑这时，让爷撞到咋办。一是表忠心；二是机变灵活。脂砚斋批："一段平儿见识作用，不枉阿凤平日刮目。"到第七十二回时，凤姐还在放高利贷，已过了明路，当着贾琏的面对旺儿家的说："你也忙忙的给我完了事来。说给你男人，外头所有的账，一概赶今年年底下收了进来，少一个钱我也不依的。我的名声不好，再放一年，都要生吃了我呢。"并说了诸多迫不得已的理由和哭了一大堆穷。

同是第七十二回，贾琏对鸳鸯说，我正想找你呢，可巧在这里。

前年老太太过生，有个外路和尚，孝敬了一个腊油冻佛手，古董账上有这么一笔，古董房里也问过两次。是老太太摆着呢，还是交到了谁手里，也好注明。腊油冻佛手，属古董。"腊"还是"蜡"，历有争议。有说蜡油冻是黄色蜜蜡，半透明，物理和化学成分与琥珀相同，属宝石。素有千年琥珀、万年蜜蜡之说。另说腊油冻，是冻石的一种，南方腊肉肥膘的颜色质感，罕见名贵。也有内行称，绝非蜜蜡，蜜蜡半透明，不能称冻。应该是寿山石或青田石。寿山石中，冻是一个很丰富的品类，有的名贵程度仅次于田黄。玩玉有蜡光之说，故倾向于"蜡"，形容玉之光泽，腊油则不通。评说纷纷，不一而足。红楼版本诸多，甲戌本没此回，有的影本不清，戚序本为"臘"，臘通腊，程高本为蜡。

　　我个人更倾向于"腊"。戚序本是戚蓼生写序的本子，非常珍贵。八十回，颇完整，是红楼梦最早最有名的序。戚蓼生，乾隆三十四年（1769）进士，于乾隆三十五年至四十五年（1770-1780）在京做官，属曹雪芹同时代人。曹雪芹1763年去世，曹雪芹走后七年，戚进京任刑部主事。那时《石头记》应该还在整理中，戚在京十年，这个版本过录时，不会跑出这十年。也许更早，有资料说他早年进京赶考所购，这个不见得准。我更倾向他在位时谋得，买的情形不大。曹雪芹死的前后几年，几乎都是借阅，并未广泛流传或买卖，至于个案不得而知。

　　戚序的这个本子，关于尤三姐第六十五回的下半句为"淫奔女改行自择夫"，别的版本均有所改动，逐渐淡化三姐的"淫"，往贞洁烈女上靠。因此戚序本应是最接近原著的一个版本。那么这个"臘"即"腊"字，应为作者原意，而蜡是程高本后改的。但不管怎样，是件玉雕不假。佛手是种植物，不是人手，不可混淆，总之价值不菲。

　　这个东西需专门造册，由古董房收管。古董房有责任对明，账物两清，遗失不是小事儿，小事儿贾琏也不会郑重来问。鸳鸯是个精细人，说老太太只摆了几天就烦了，让交给你奶奶，并且连日子和派谁来的都记得。一看确凿，平儿忙说："交过来了，现在楼上放着呢。奶奶已经打发过人出去说过给了这屋里，他们发昏，没记上，又来叮登这些没要紧的事。"若是鸳鸯记不得了，估计平儿也就没这番言辞了，混赖便是。但平儿还是撒了谎，如若当时果真派人，咋会不记？此乃涉及职责之事，凤姐协理宁国府，连杯盏打碎尚需描赔，何况这个？有打发人去的时间，早就把东西交割清楚了，且古董房问了两次。大家族人多手杂，这是官中之物，不是老祖宗私藏。便是私房，李纨也说了，幸亏有个鸳鸯，要不还不知道被人诓骗去多少，可见打主意的颇多，凤姐不能除外。

贾琏没过脑子，脱口就说："既然给了你奶奶，我怎么不知道，你们就昧下了。"这是实话，也是直话。平儿马上辩道："奶奶告诉二爷，二爷还要送人，奶奶不肯，好容易留下的。这会子自己忘了，倒说我们昧下。那是什么好东西，什么没有的物儿。比那强十倍的东西也没昧下一遭，这会子爱上那不值钱的！"即明着继续扯白，这点像极凤姐，把球轻轻地踢给了贾琏。并说得堂皇，有不稀罕之意。贾琏回思过来，当着鸳鸯的面，不好再说。便道自己忘记了，把事儿揽下。关起门来，他们才是一家，这是正经。鸳鸯本不是多事之人，也就顺话而下，圆过。也可见，贾琏是了解她们品性与习惯的。

平儿还替凤姐管钱。凤姐是个贵妇，不可能事事亲为，最信任的是平儿，所以平儿脖子上戴着一把钥匙。这把钥匙被李纨摩挲到，说："要什么钥匙，你就是你们奶奶的一把总钥匙。"可见事无巨细，样样明了，平儿在钱财事物上比凤姐还清楚，尚可机变。尤二姐死后，贾琏等银子办丧事，凤姐说："一个月赶不上一个月，现只有二三十两，要就拿去。"后来是平儿偷了一包散碎银子悄给贾琏，大约二百两，还说："要哭远着点，别在这点眼。"

这里的偷是背的意思，本就她管。二百两不是小数目，以刘姥姥的算法，够庄户人家活十年的。但还是不够，贾琏又赊了五百两的棺木，加上乌七八糟的开销，应该欠一屁股债。这些窟窿咋填，应该还是贪，贪谁的？无非贾政的。鲍二家死时的二百两，贾琏就让林之孝做到陈年的流水里。他和凤姐的月例加上丫鬟，统共就十几两，不够花三五天的，这是凤姐的原话。贾琏爱钱，女人宠变皆占，开销极大，钱从哪来？这里不做深究，单篇再说。只说平儿一介丫头，在钱上比贾琏更自由，更有权利。

红楼写得云淡风轻，回味却是悠长的。不管弄钱还是弄物，都是搞的贾政的鬼，这点一定得知道。

三

再说下权。凤姐权大，贾政这边儿大小事务全赖她料理，个人能力有限，平儿多有扶持。第六十一回，判冤决狱平儿行权，林之孝家的查出厨房柳家的藏有玫瑰露和茯苓霜，回探春，探春让平儿回凤姐。凤姐武断，当时就说："将他娘打四十板子，撵出去，永不许进二门。把五儿打四十板子，立刻交给庄子上，或卖或配人。"

非常狠，或卖，或配，轻巧得如同处理动物。平儿依言吩咐，五儿哭诉，说出实情。园中有和其母不睦或想占位者趁机下话，收买平儿。平儿不为所动，细查暗访，果系冤屈，也见平儿正义。此事又牵扯正房，太太正屋失窃，贼是彩云，玉钏和她对赖。大家心知肚明，晓得是彩云偷拿东西给了环哥，赵姨娘便是窝主。但又怕起了赃，打鼠伤了玉瓶，探春面子上不好看。宝玉就和平儿计议，自己应下。

平儿为诚恂，唤来玉钏、彩云，晓之以情，动之以理，如此这般说了番。彩云羞愧，磊落承认。事情告破，不费吹灰之力。平儿回去瞒下彩云，只说宝玉玩笑偷拿，凤姐老道，不是白痴，知道蹊跷。说："依我的主意，把太太屋里的丫头都拿来，虽不便擅加拷打，只叫他们垫着磁瓦子跪在太阳下，茶饭也别给吃。一日不说跪一日，便是铁打的，也管招了。"这是硬办法，也见凤姐心硬。岂不知平儿早用软招化解了，既保全了探春，又令彩云愧悔。平儿又趁机劝凤姐，何苦操心，得放手时就放手，什么大不了，乐得不施恩。咱们终归要回那边儿屋里去的，没的结些小人仇恨。况且自己又三灾八难的，好容易怀了一个哥儿，到了六七个月还掉了，焉知不是操劳所致，如今乘早儿见一半不见一半。就是睁一只眼闭一只眼算了。凤姐听后，笑说："随你小蹄子发落去吧！"也算默许了。

第二天李纨和探春听见，也说："知道了，能可无事，很好。"可见大家皆满意，足以显示平儿的沟通能力。彩云得益，探春感激，也算做足好人。这是在攒人气，只是出自本心，不曾刻意。

再说尤二姐。尤二姐之事，是平儿先得消息，又告诉了凤姐。旺儿虽知，却佯装不知。所以，凤姐连用了三个好字："好，好，好，这才是我使出来的好人呢！"凤姐问旺儿，审兴儿，得实情，布罗网，诓骗尤二姐进府，一步步地扎紧口袋，以致最后尤二姐丧命。后来平儿看尤二姐处境艰难，颇有悔意。曾道："想来都是我坑了你。我原是一片痴心，从没瞒她的话。既听见你在外头，岂有不告诉她的。谁知生出这些个事来。"尤二姐心慈，便说道："姐姐这话错了。若姐姐便不告诉她，她岂有打听不出来的，不过是姐姐说的在先。况且我也要一心进来，方成个体统，与姐姐何干。"这是尤二姐的明白处。话虽如此，事却不同，早知晚知可谓天壤之别。

贾琏极喜尤二姐，有别以往，可谓孤注一掷。下血本，置了外宅，母、妹同住，一天五两银子的供奉。所以，尤三姐才能有了金又要银，杀了鸡又宰鹅。贾琏还把自己的私房全部交给尤二姐保管，只等生个大胖小子，生米变熟饭，接进来，和贾赦一说便妥。那时凤姐便有天大的本事，也无可奈何。岂料凤姐素衣素盖翩然而至，人财俱获。外宅曝光，小金库充公，尤二姐收进囊中。若晚些，孩子生下，将是另篇。在这件事儿上，不能说平儿没私心，毕竟她和凤姐是一气的，贾琏在外有人，多少有碍她们。只是平儿底色好，尚有余温，背着凤姐常弄些汤汤水水偷给尤二姐。

平儿智力超群，不逊凤姐，绝非一般的精灵敏捷。贾琏从苏州回来，与凤姐、乳母家中闲篇儿。赵嬷嬷求他提携帮衬两个儿子，然后说些省亲接驾的杂话，可谓热火朝天。恰逢荣哥、蔷哥前来回话，要去苏州采办。凤姐趁便说："既这样，我有两个在行妥当人，你就带他们去办，这个便宜了你呢。"话说得滴水不漏，贾蔷聪明乖巧，忙陪笑道："正要和婶婶讨两个人呢，这可巧了！"又问名字。凤姐转问赵嬷嬷。赵嬷嬷听呆了，根本没往自己儿子身上想，平儿笑着推她。蒙侧批："真是强将手下无弱兵，至精至细。"言平儿机敏，心有灵犀，思维活泛，放得开，收得拢。也见那时凤、琏两位感情尚好。

金钏儿死后，几家不大管凤姐事儿的奴仆，常来请安奉承，孝敬东西。凤姐摸不着头脑，不知为何如此贴近，就问平儿。平儿冷笑道：

"奶奶连这个都想不起来了？我猜他们的女儿都必是太太房里的丫头，如今太太房里有四个大的，一个月一两银子的分例，下剩的都是一个月几百钱。如今金钏儿死了，必定他们要弄这两银子的巧宗儿呢。"这就是平儿，凤姐回思不过来的，她心中一样有数，脑子颇够用。

平儿的口才也是一流的，行权回已窥一斑，第五十五、五十六回方是她的正传。探春理家，刁奴不服，欺蔽幼主年轻。岂不知探春心高气傲，胸有成竹，要开刀做法，偏赵姨娘撞到枪口，弄得探春声泪俱下，窝了一肚子气。《红楼梦》写得极有意思，邢夫人挑起抄检大观园，想看王夫人的笑话，结果落网的反是她那边儿的司棋。探春当家，新官上任三把火，反烧到自己生母，都是奇极之文。且写得别开生面，于矛盾冲突紧要处总能峰回路转，把人性的尖锐和不得已表现得淋漓尽致。

平儿走来，看见探春哭过，正在盥洗。几个小丫鬟跪着，举盆的举盆，拿帕的拿帕。见伺书不在，便连忙上前挽袖卸镯，接过毛巾，将探春面前衣襟掩了。一整套动作，足见平儿眼色。平儿更会表达，直言他们奶奶事儿多，有忽略没行到的，姑娘只管添减。一是于太太的事儿有益；二是也不枉姑娘待他们奶奶的情义。话说得和软、在理又有情，弄得李纨和宝钗都说："怪不得你奶奶疼你。"

探春是个厉害角色，想开端做法，首先就要驳凤姐。一是姑娘脂粉银两重叠；二是园子树木花草荒芜，便问："你奶奶咋没想到？"大有兴师问罪之意。平儿不卑不亢，每次都说奶奶原想到的，只是有不可办的理由，无非怕委屈了姑娘们，断说不出口。所以宝钗说她："你张开嘴，我瞧瞧你的牙齿舌头是什么做的。从早起来到这会子，你说这些话，一套一个样子，也不奉承三姑娘，也没见你说奶奶才短想不到。"

探春本一肚子气，看她来了，越发生气，想着主子素日当家使出来的好撒野的人，想拿她出气。没想到平儿毕恭毕敬，不仅支持她，还说："不枉姑娘待我们奶奶素日的情意。"让探春的火全熄了，反而愧起来，滴泪道："我一个女孩儿家，自己还闹得没人疼、没人顾的，我那里还有好处去待人。"

可见平儿到哪，哪就一片锦绣，有化险为夷的本事。当然她也俗气，谙世故，知深浅，懂分寸。平儿的威信，探春深知，也晓得这帮刁奴溜须平儿，蔑视她，等着看她的笑话。所以吃饭时，提及宝钗饭菜，丫鬟出去命廊下的媳妇去取。她忙拦住："别混支使人！那都是办大事的管家娘子们，你们支使他要饭要茶的，连个高低都不知道！平儿这里站着，你叫叫去。"这是反讽，高低是双关语。故意使唤平儿，让底下婆子看看。平儿答应出来，自然有人替她跑腿。众婆子簇拥她坐下。拿帕子掸石矶铺坐褥的、奉茶的，一片忙乱。平儿也说了一大堆话，口气两头顾，不偏不倚。其中一句"她撒个娇儿，太太也得让她一二分，二奶奶也不敢怎样。"这不是紫鹃、莺儿那种老实人做得来的。凤姐当然不敢对探春怎么样，连正经嫂子都不是。

平儿口碑极好，凤姐泼醋回，贾母说："平日看着倒好，倒不像那媚魇道的，竟也这样的坏。"尤氏等连道："是他们俩口子不好对打，拿平儿撒气，平儿委屈着呢。"可见关键时刻，有人替她说话，且不只一个，这里还有个"等"字。李纨也多次夸平儿，替她打抱不平，说凤姐给她提鞋都不够，换个个儿才是。宝玉对平儿也极好，叹平儿孤苦，独自供奉贾琏、凤姐使用。贾琏也说平儿是一肚子委屈。底下的小厮兴儿向尤二姐、尤三姐称赞，曾言："倒是平儿姑娘为人很好，虽和奶奶一气，倒背着奶奶常作个好事。凡有不是，奶奶容不过，求求她就完事了。有甚者鲍二家的咒凤姐死，说把平儿扶正就好了。"
看看吧！赞声一片，上中下主子奴仆无不说她好，哪人能比！袭人和
她同为通房，李奶母说她一天到晚装狐媚子，底下丫头也说她是撒花
点子的哈巴。而平儿不知不觉攒了不少人气，不说袭人，凤姐已大大
不及，形成了鲜明的对比。

　　凤姐看起来聪明，实傻。操了一世心，落了一身病，满府腹诽，
有钱无人，最后被贾琏休掉。伏笔是平儿扶正，真调了一个个儿。平
儿之所以走得远，并非处心积虑，而是水到渠成。也验证了舍得这句话，
有舍才有得，起初看也许是失，日子一长就变成获得。不争是最好的争，
退一步海阔天空。有些东西不适合握，越紧越漏，像沙子，所以凤姐
的人生成了标本。

　　我们再回到开头，看瓷上的诗，我搜索了下还真没有。所以要谢
能保留下来的老物件，否则有些文化真的要断档。"错把钦鸦当凤凰，
纷纷恩怨漫相偿，一到孤女零仃托，不枉梧桐泪几行。"钦鸦是种鸟，
是谁把钦鸦当了凤凰，平儿还是贾府？平儿从小随凤姐长大，早就互融，
以其聪明焉有不知其为人。她俩关系微妙，凤姐用她，她也依靠凤姐；
没有凤姐，她啥都不是，别说做好人，命运都飘摇。这首诗是写者阅
百二十回的感触，托没托孤，不知道。巧姐遭卖，凤姐被休，是实，
若平儿果真扶正，那也是凤姐无形中为自己挖了一个坑。恩恩怨怨不
必多说。

迎春的出离

一

迎春是个慢热型的人物，似邻家女孩儿娴静温柔，可亲可爱。少年时读红楼，和许多人一样，并不曾在意她，亦有愚笨懦弱之感。但随着年龄的增长，每一次阅读，都有新的发现。对迎春也有了新的理解，慢慢入怀，有倒食甘蔗，渐入佳境的意趣。

迎春是贾赦之女，生母不详，早亡，各版本不同，出身模糊。张爱玲在《红楼梦魇》一书中罗列很多，有赦老爹前妻所出；有政老爹前妻所生；有赦老爹之妾所出；有赦老爹之女，政老爷养为己女等。此乃主流媒体，坊间还流传丫鬟说和扶正说。推断丫鬟说的缘由有二：一是贾赦好色，丫头淫遍，难免不留下种子；二是迎春一直不被重视，定是出身低微。

为这些纷纷扰扰的，大可不必，不管曹雪芹曾做过怎样的构思和修改，最后定位迎春系贾赦之妾所出，这点毋庸置疑。第七十三回聚赌事件爆发后，邢夫人亲至紫菱洲问罪，即迎春的住所。邢夫人说："你是大老爷跟前人养的，这里探丫头也是二老爷跟前人养的，出身一样。"这句话足以说明，迎春之母和探春之母相同，皆系姨娘。如是丫鬟，何来此语？

邢夫人接着往下说："如今你娘死了，从前看来你两个的娘，只有你娘比如今赵姨娘强十倍的，你该比探丫头强才是。"依此，有的红学前辈认定，虽迎春、探春之母一样，皆系姨娘，但后来迎春之母是扶了正的，故曰强十倍，即扶正说。愚以为这里的强十倍，应指做人，绝非地位。

我们想想，邢夫人既说，从前来看迎春之母比探春之母强十倍，就该与其母相处过。邢夫人是填房，贾赦不可能同时拥有两位正妻。另外如果是迎春之母扶正死后，邢夫人才进的府，那迎春之母已是正室，邢夫人上面的那句"跟前人"便不成立。再者最后一句"你应该比她强才是"，这里分明指能力，言迎春懦弱。

另扶正也没那么简单，在逻辑上这些都行不通。前八十回，能看到的，只有甄家当年那个丫鬟娇杏扶了正。平儿都没有，一直是个通房大丫头，姨娘都没挣到。

在红楼里，贾府"四春"各有特色，分别代表四种不同的性格与命运。老大雍容华贵，老二温柔善良，老三机智果断，老四清绝孤介。迎春位居第二，是其中不可缺少的一环，是女人温柔、美丽、安静、平和的代表。也是那个时代众多女子的缩影。雍容华贵那是命，机智果断那是能力，清绝孤介那是个性，而温柔善良更多的是本质，内心自然美好的流露。

在书中，迎春和探春两个人物，作者一直对着写。先看容貌，迎春"肌肤微丰，合中身材，腮凝新荔，鼻腻鹅脂，温柔沉默，观之可亲。"脂砚斋批："不范宝钗。"是说迎春莹润丰满，有点儿胖，这点颇似宝钗。但迎春脸色好看，如新荔，柔滑光嫩，很是温暖，不似宝钗只是一个白，像雪。

探春"削肩细腰，长挑身材，鸭蛋脸面，俊眼修眉，顾盼神飞，文彩精华，见之忘俗。"是说探春长得很有风采，身材窈窕，聪明灵慧，气质不俗。她们一个微胖，一个消瘦；一个温柔沉默，一个聪明伶俐，不论外貌还是性格，都截然不同的。

邢夫人那句话，说得不完全对，什么"你俩的出身一样，你的母亲比现今的赵姨娘强十倍，你自然要比她强才是。"探春和迎春虽都是庶出，但探春一直生活在自家，迎春却住在叔叔、婶婶家。生活环境一样，性质却不同。探春每次出场多大气，完全以主人自居，分寸火候拿捏得恰到好处，既不唯唯诺诺，也不颐指气使。虽是庶出，却有一颗高贵的女王心。

迎春却不同，她不多事儿、不争强、不好胜，很多时候表现得很沉默，喜欢安静地做自己的事儿。第三十八回，大家吃蟹吟诗，或攒三聚五，或苦思冥想，独她坐在花阴下，拿着花针穿茉莉花。恬静淡美，温柔可爱。她本身就像一朵洁白的茉莉花，细微芬芳，若有若无。若不用心，便嗅不到。而探春是兴儿口中的红玫瑰，又红又香，有些扎得慌。所以，她们是截然不同的两种花，不光色彩，性情也不一样。

那这朵洁白的茉莉花，真的就能在自己的世界里，独自幽芳，寂静开放吗？回答是不！

在这里，要说说人性。人性是种非常复杂的东西，欺善凌弱，是种不由自主的行为，尤其在大家庭和复杂的环境下尤为明显，甚至包括后来的诸多读者，都有失偏颇，不能免俗。

兴儿管迎春叫二木头。兴儿是贾琏的心腹小厮，只代表一些庸常人的口角，下人的目光，有一定的局限性，不可当真。一人眼里一部红楼，一人心中一个人物。一个下棋的高手，能说她不聪明吗？她下棋时的从容淡定，冷静稳健，是探春无法比拟的。

作者行文，颇隐晦，非个人视角，而是以多人目光进行表述，留给读者自己厘剔。所以不能把书中的某些观点，归结到作者名下。迎春第二次出场，便和探春对弈。宝玉作《紫菱洲歌》时也有一句：不闻永昼敲棋声，燕泥点点污棋枰。可知迎春下了多少棋，她的大丫头司棋的名字，由此化来，亦知人之聪明各有所属。

兴儿之语，不是定评。曹雪芹惯用这种烟云模糊法，夸黛玉用凤姐之口做史笔："从没见过这等标志的人。"过后又讲，有人赞宝钗貌美，黛玉多有所不及。那到底她俩谁更美呢？脂砚斋评："想世人目中各有所取也！"想来无非看出自谁的目光罢了。

所以迎春这个与世无争的女孩，并没有得到太多人的尊重和疼爱，反而因为她的善良，她的息事宁人的态度，招致了更多的牵累和欺负。大观园中不好、丢脸的事儿，一个"赌"事，一个"淫"案皆发生在她的房中。

二

在贾府，贾母已收兵南山，颐养天年。王夫人当家后，又转交给她内侄女王熙凤帮忙打理，亦退居幕后，吃斋念佛。但有一件事，触怒了贾母，让其不顾身体亲自出马，即园中的聚赌事件。这件事，虽由探春提出，但还得从宝玉说起。

一日夜里，贾政和赵姨娘在房中私语，被丫鬟小鹊听了去，便赶至怡红院告诉宝玉。说："仔细老爷明日问你功课。"宝玉慌乱，连夜攻读。丫鬟趁势造乱，谎称有强盗，又言宝玉吓病了，意在帮他躲过此劫，遂惊动贾母诸人。这时候，探春借机说出园中夜赌之事，人数之众，输赢之大，非同寻常，并半月前还发生过打斗。贾母一听，这还了得，赌博就要吃酒，就要寻张觅李，开门闭户，招奸引盗，后患无穷。况又住着女眷，就勒令严查。

聚赌之事人人尽知，第四十五回，蘅芜苑老婆子给黛玉送燕窝。黛玉就说："我也知道你们忙。如今天又凉，夜又长，越发该会个夜局，痛赌两场了。"婆子笑道："不瞒姑娘说，今年我大沾光儿了。横竖每夜各处有几个上夜的人，误了更也不好，不如会个夜局，又坐了更，又解闷儿。今儿又是我的头家，如今园门关了，就该上场了。"那时，作者就为此回埋下伏笔，只是越演越烈，终于浮出水面。

那为何一直没人说，没人管呢？这事儿又到底归谁管？探春做得很巧妙，先是说凤姐姐病着，也就是把王熙凤的责任开脱了；又说王夫人事儿多，心下正不自在呢，又排除一个；最后说李纨和管事的戒饬过几次，现在好些了。也就是大家都没责任。按理说这事儿轮不到她，上述之人皆推脱不了干系，这又牵扯到一个责任心的问题。

那时，王熙凤已有抽身之意，根本不想再得罪人；李纨本就是个老好人，事不关己，高高挂起，虽住在园中，负责照顾姊妹们，但并不多事。由此也可看出探春的胸襟和责任心。最主要一点，这是她的家，别人却无关痛痒。贾母严查，查出三大赌头，其一便是迎春的乳母，还有林之孝家的两姨亲家和园内厨房柳家媳妇之妹。这里没有蘅芜苑老婆子，从她和黛玉的对话，可知她也是头家。具体如何，不予深究。

为何是迎春的乳母，而非别人的？可见迎春待人之宽，才致乳母如此嚣张。赌博之事，迎春早已尽知，但并没管束，乳母越发欺她好性儿，索性偷拿她的攒珠累丝金凤去典当，用来放局，这就又牵出金凤事件。

累金凤非常珍贵，属头面首饰。用黄金掐丝，千缠万绕镂出一只凤凰，插于头顶发前，极其精美。"四春"均有，需在重要场合佩戴。

迎春明知乳母拿去做了抵押，口上只说是司棋收着在。表现得并非不在意，但也没把这事儿太放于心上，也是给乳母一个还回来的机会。其做法很有点儿像《悲惨世界》里，冉阿让碰到的那个莫里哀神父。

倒是大丫鬟绣桔为其不服，说："奶母试准了姑娘的性格，所以才这样。"又说："姑娘怎么这样软弱，都要省起事来，将来连姑娘还骗了去呢！"就要去回平儿。这时，迎春乳母的儿媳妇王柱媳妇赶来，想请迎春帮忙向贾母讨情，放她婆婆一马，听到这些话就和绣桔争了起来。司棋正病着，听不过，爬起来上前帮问，三人吵作一团。迎春反置若罔闻，拿起一本《太上感应篇》倚在床上看了起来。这里曹侯写得细致，一丝不乱。司琪为何病着，这就又牵扯出七十一回的潘又安事件，前文已提，就此不表。

就在此时，宝钗、黛玉、探春众姐妹齐至。她们因何而来？是来安慰二姐姐的。二姐姐房中出了事儿，还不是小事儿，乳母被撵，永不再用，等于迎春少了一个依靠。作为一个没妈的孩子，乳母便是最亲的了。她们当时就替二姐姐求了情，但贾母心意已决，也知道这些乳母，自认为从小奶过哥儿、姐儿，比别个体面些，便居功自傲，不服管束，每每生事。现今正要拿一个人作法，就被迎春的乳母撞上了。

迎春懦弱善良，丫头、婆子都不把她放在眼里，在她面前吵吵闹闹，但姐妹们对她还是极好的。尊重也需看修养，那些不尊重别人的人，那些管她叫二木头的，自身修养本来就欠缺。

探春一到，王柱媳妇立马蔫了，顺势想撤。探春岂会放过，问过缘由，开始调兵遣将，替迎春分解。迎春却一概不知，照旧和宝钗讲着《太上感应篇》，没听到似的。黛玉笑她："虎狼屯于阶陛尚谈因果。"可知迎春真真是把这些看得很淡，累金凤有无对她无关紧要。

《太上感应篇》是本道教善书，在传统社会几乎无人不晓。清代时，与《文昌帝君阴骘文》《关圣帝君觉世真经》合称三圣经。此书在这里出现，绝非偶然，是作者精心安插的一笔。大概可知迎春平日看的都是些什么书，为何才情略逊姐妹们一筹。

《太上感应篇》属善书典范，"太上"意指道教至尊。"感应"指善恶报应。即天地神鬼，会根据世人所作所为给予相应奖惩。道家讲无为、讲因果，这种思想也一直影响着迎春，并指导着她的思维和行为。她不争、不抢、不在乎正庶，更不管这些乱七八糟的事儿。

就像她自己说的："问我，我也没什么法子。她们的不是，自作自受，我也不能讨情，我也不去苛责就是了。至于私自拿去的东西，送来我收下，不送来我也不要了。太太们要问，我可以隐瞒遮饰过去，是她的造化；若瞒不住，我也没法，没有个为她们反欺枉太太们的理，少不得直说。你们若说我好性儿，没个决断，竟有好主意可以八面周全，不使太太们生气，任凭你们处治，我总不知道。"这就是迎春真实的想法，一切顺其自然，自生自灭，自己并不做出决断。

八月十五将到，头面首饰要用，这件事早晚会浮出水面。乳母才是猪油蒙了心，愚蠢之极！自这里也能看出迎春心善，受道教影响颇深，不是没有是非观念，而是内心深处，既不想让太太们生气，又不想苛责乳母。

蒙回末总批：探春处处出头，人谓其能，吾谓其苦；迎春处处藏舌，人谓其怯，吾谓其超。探春运符咒，因及役鬼驱神；迎春说因果，更可降狼伏虎。意思说探春处处好强，人都说她有能力，而我认为她很苦；迎春处处躲起来，不出头，别人说她胆怯，我却认为她很超然。探春调兵遣将，可赶走妖魔；迎春看因果报应，更可降服虎狼。即探春和迎春处事的方法虽不同，结果却是一样的。

三

第二十二回，元宵佳节，独迎春和贾环没猜到元春制的灯谜，赏赐未得。贾环便觉没趣，而迎春自以为是玩笑小事儿，并不介意。脂砚斋多次在书中批道："大家小姐也""大家千金之格也"。是说迎春虽没探春的气势，但有身份，自珍自重，有超然物外的淡泊情怀和绝好修养。

然而现实生活却是残酷的，没想到，一波未平一波又起，"赌"事刚过，"淫"案又发。这两件事都紧紧围绕着迎春展开，一个是她的乳母，一个是她的首席大丫鬟，被周瑞家的称作"副小姐"的司棋。

第七十一回，司棋和表弟潘又安在园中山石后幽会，被鸳鸯撞见，潘又安跑了，司棋也吓病了。鸳鸯代为隐瞒，并前来安慰，生怕司棋因此断送了小命。接着第七十四回，傻大姐在山石后捡到绣春囊，囊上绣有两个裸体小人相拥对坐。要是别人捡到也就罢了，偏偏傻大姐不识春意，拿着左看右看，被邢夫人得了去。书中虽没点明是司棋的，但明眼人一看便知是她们那日慌乱所遗。因绣春囊，又引发抄检大观园，连三带四，书中情节如灵蛇出洞，婉转直下。这些事件的发生，预示出迎春命运的不祥，也标志着贾府的没落。

抄检大观园，王熙凤存有私意，说亲戚的不能查，首先排除了宝钗。宝钗和黛玉一个是两姨亲，一个是姑舅亲，都属客，但还是没放过黛玉。查到探春那儿就没那么容易了，探春嗅觉最灵，早已有人通风，她大门洞开，明火以待。等王熙凤一行驾到，她首先就说了，"要查先查我，我是头一个窝主，丫鬟偷的东西皆放我这，想查她们却是不能。"随后令丫鬟们把她的箱柜、镜奁、妆盒、衾袄、衣包若大若小之物一齐打开。也就是拒抄。

你看，这就是探春，誓保丫鬟，哪个若能遇到这样的主子，也算是造化，怎能不为之效力！平儿和婆子们反而帮着关的关、收的收。探春还不依，出词严厉，训诫了她们一番，说："你们别忙，自然连你们抄的日子有呢！你们今日早起不曾议论甄家，自己家里好好的抄家，果然今日真抄了。咱们也渐渐地来了。可知这样大族人家，若从外头杀来，一时是杀不死的，这是古人曾说的'百足之虫，死而不僵'，必须先从家里自杀自灭起来，才能一败涂地！"探春任意挥洒，字字是血，句句是泪，足见她的气度、胸襟和眼光。

风雨将至，还在内讧，纠缠各自利益，简直鼠目寸光。所以说，凤姐的聪明是有限的，并没大的格局。

王善保家的不识深浅，走时开玩笑，上去掀了下探春的衣襟。探春回手就是一记响亮耳光，然后指着她骂道："你是个什么东西，竟敢跟我拉拉扯扯。"接着又哭又闹，自己褪衫解裙非得让凤姐搜个明白，免得奴才动手动脚。

这种举动，迎春行吗？迎春和探春最本质的区别，便在主仆观念上，一个拎得清，一个拎不清。

邢夫人因赌博之事前来问罪，说迎春："你这么大了，你那奶妈子行此事，你也不说说她。如今别人都好好的，偏咱们的人做出这事来，什么意思。"是怨迎春管束不严。迎春低头半晌答道："我说她两次，她不听也无法。况且她是妈妈，只有她说我的，没有我说她的。"这表明她很糊涂，关系没摆正。邢夫人道："胡说！你不好了她原该说，如今她犯了法，你就该拿出小姐的身份来。她敢不从，你就回我去才是。"

迎春和探春处理事情是截然不同的，而探春是一个等级观念极强的人，讲究规矩，各就各位，很符合封建社会那一套。所以玩儿得转，也因此常常纠结自己的庶出身份。迎春却不大理会这些，只一味讲善恶因果。

她们的差别一个讲尊卑，一个讲善恶。查到迎春时，她已睡下，具体发生了什么事儿都不知道。司棋露馅儿，证据确凿，有物有信，再也逃不掉了。其实，这也是一种因果，一次没被发现，两次没被发现，总有暴露的那天，除非你不去做。另外，司棋胆子忒大，大观园是什么地方？岂是她私相幽会的场所。如果每个丫鬟都弄个男人进来私通，岂不天下大乱，莺儿、紫鹃、侍书她们可曾如此？皆是迎春太宽，才毫无忌惮。

司棋被带走时，迎春虽不舍，滴下热泪，但并没求情。最后让绣桔赶去送了些东西，留点儿念想，算是主仆一场。这便是迎春，我不苛责你，也不救赎你，由其而去。也因此，迎春失去了一生中陪伴她、关心她最多的两个重要人物，丢掉了两个臂膀——一个乳母，一个大丫鬟，越发孤单。

四

迎春几乎没有得到过关爱。

父亲贾赦狂嫖滥赌，贪财掠货，无恶不作，为五千两银子就把她这个唯一的女儿嫁了。自己姬妾成堆，一把年纪又花八百两银子买了一个丫头嫣红，真真自私到了极点。

继母邢夫人一生无子，只知自保、克扣钱财，牵连她时，才会前来兴师问罪，说些现成的话。同父异母的哥哥贾琏一味好色惧内，根本顾不上她。嫂嫂王熙凤的心一直在王夫人这边，待她连袭人都不如。就像邢夫人所说："一对哥嫂，赫赫扬扬，统共这一个妹子，全不在意。"迎春命苦，不比探春，上有赵姨娘，下有贾环。

书中第七十九回，迎春的婚事开始提到议事日程。女婿是贾赦选的，世交之孙，一人在京，有钱、有貌、有职，还善于权变。一听还真不错，最起码迎春嫁过去，不至于奉老伺小，摆弄不清。但也恰恰说明一点，孙绍祖是一个野惯了、缺少家教的人。既是世交，两家肯定相知，先是贾母不中意，想了想既是亲爹作主，也就罢了，管不了也就不管了。只说句"知道了"便完事了。要是贾母出头，死活不肯，这事儿也没这般顺利。

后是贾政深恶孙家，劝阻两次，贾赦不听。再就是宝玉日日到紫菱洲徘徊瞻顾，想着这世上，又少了五个洁白清净的女儿，其中包括四个陪嫁丫头。并作了一首紫菱洲歌："池塘一夜秋风冷，吹散芰荷红玉影。蓼花菱叶不胜愁，重露繁霜压纤梗。不闻永昼敲棋声，燕泥点点污棋枰。古人惜别怜朋友，况我今当手足情！"

这里的芰，是菱角的意思。芰荷，指出水的荷。手足情，真正的手足是谁呀？应该是贾琏，但书中没提贾琏、王熙凤一个字。他们可是迎春的亲哥嫂，竟眼睁睁地看着自己的妹子步入火坑，可见贾琏、王熙凤二人对迎春的冷漠。

迎春匆匆完婚后，孙绍祖先是骂她吃醋，醋汁拧出的老婆，后又说她父亲使了他五千两银子，准折卖给他，少在这装什么娘子。然后好不好就打一顿，撵至下人房里。这已不是过分，而是残酷。也可知，贾府已趋于没落，要不孙绍祖不会如此放肆。他本善于权变，如贾府强盛，他再下流，也不敢到这般地步。另元妃已经失宠，在不在都成问题，按张爱玲的推断，第五十八回老太妃薨，便是元妃薨。要不有这么一个皇姐在，姓孙的还得悠着点儿。这时贾府只剩下一个空架子，要钱没钱，要势没势，还内乱。

但曹雪芹的笔没闲着，体会体会，"孙绍祖"的谐音是什么？这个人让曹侯恨得咬牙切齿，一字一血。在这部书里，曹侯该骂了多少人。孙绍祖的"绍"，是继承、恢复、延续的意思，可见他的祖宗也不是什么好东西，这也是贾政一再阻拦的原因。

迎春回门把王夫人当作知心人，向其哭诉。王夫人虽安慰，但那话说得都不叫话。什么已是遇见了这不晓事的人；什么我的儿，这也是你的命；什么不过年轻的夫妻们，闲牙斗齿，亦是万万人之常事等，并嘱咐宝玉不准告诉贾母。表面看是怕贾母着急上火，有碍健康，实则是多一事不如少一事。再者老人也没我们想得那般脆弱，她们见过的世面才叫多。迎春这点儿事儿，比起最后整府的灭亡，简直是小巫见大巫，那样的山崩地裂才叫冲击。迎春的婚嫁只不过是拉开了灾难序幕的一角。

迎春的婚姻，远不是王夫人说得那般轻描淡写，真实情况惨不忍睹。判词中道："子系中山狼，得志便猖狂，金闺花柳质，一载赴黄粱。"可见孙绍祖是个小人，暴戾异常，虎狼一般。红楼曲中道："中山狼，无情兽。全不念当日根由。一味的，骄奢淫荡贪欢媾。觑着那，侯门艳质同蒲柳；作践的，公府千金似下流。叹芳魂艳魄，一载荡悠悠。"说他禽兽一样。江山易改，本性难移，嫁了这样的丈夫，纵然八面玲珑，有天大本事又能若何！即便换做探春又能怎样？漫长的婚姻生活，过的是一个人的品质。一味夸大个人魅力的人，本就愚昧。

迎春死了，这个健康美丽、脸色红润的千金小姐，被孙绍祖折磨死了。一个与世无争的好女孩儿，成了婚姻的牺牲品。谁帮助过她？这个责任又由谁来负？一朵洁白的茉莉花凋零了。她的平和，她的淡然，她的温柔，她的美好，都没了。命都不保了，过去的累金凤就更不值得一提了。

载于《大观》2017年第三期

元春的归省

一

元春是贾府的长女，由贾政、王夫人所出，因生在大年初一，故名元春。其他诸春，皆随其名化来。元、迎、探、惜，是原本应该叹息的意思，不仅是对贾府"四春"的惋惜，更是对贾府没落的揭示。

元春居长，是贾府众姐妹中，地位最高、最有本事的一个。先是入宫做女史，后晋封为凤藻宫尚书，加封贤德妃，可谓富贵至极。是位集德、言、容、功为一体的女子，品貌应在宝钗之上。宝钗进京备选才人、赞善之职，为公主、郡主入学陪侍，但无果。第三十回，宝玉把她比作杨妃，一向笃定的她竟大动肝火，应是落选。

那么我们先看下什么是女史？女史，为女官的一种，位居五品，主要掌管皇后的礼仪和文书类工作。在皇宫里仅供皇后和皇贵妃使用，算是知识女性的代表。元春自幼由贾母教养，文字功夫应该不错，还给宝玉做过启蒙老师。第二回，冷子兴演说荣国府，言贾府现有几个不错的女子，政老爹的长女名元春，现因贤孝才德，选入宫作女史去了。可见元妃最初入宫的职位便是女史，但女史不属嫔妃之列，属于宫女。

在这里说下清宫的选秀。虽然曹雪芹一再说此书无朝代纪年可考，但我们不妨把它作为以清代为蓝本的一次描摹。清宫选秀分两种：一是嫔妃的选拔；二是为宫女的选拔。嫔妃选拔三年一次，主要从八旗女子中选出，年龄介于十四岁至十六岁之间。八旗又分满洲八旗、蒙古八旗和汉军八旗。汉军八旗人数极少，虽是汉人，早已满化，属最早归降、投靠清军的汉军。

八旗都统衙门把符合年龄的女子登记造册呈交，排好队，然后一车车送往京师，等待一道道严格筛选。选上的，留下等下一轮；被搁牌的，也就是淘汰的，回家自行聘嫁。一旦被选上，有了封号，终身不能再嫁，哪怕皇帝不宠幸，也要老死宫中。选上的除一部分充实后宫外，另一部分由皇帝指给亲王或皇子为妃，总之选秀就是为皇室家族选女人。

但也不是你想参选就可以参选的，旗外的，比如一些汉臣，哪怕再位高权重，也没有资格。旗内的，逃都逃不掉。这次没来，过三年再来，除非长相奇丑或有残疾，经上报获准才能赦免，否则二十岁都不能出嫁。也就是说，旗人家的女儿必须先由皇家挑选，余下的才能轮到其他人家。所以要知道一点，清代皇室选妃，最主要的是血统，其次是品德和家世，最后才是容貌。

另外一种是对宫女的选拔，宫女主要负责宫中事物，又分女官和杂役两种，当然也有三六九等。主要从包衣三旗中选出，包衣即家奴，这三旗由皇帝直接掌管。他们的女儿选为宫女后，继续服侍皇家。选宫女和选嫔妃不同，有本质上的区别，地位更不能同日而语，一般的宫女很难做到嫔或妃这样的位置。

但不管是嫔妃还是宫女，一旦入宫便是皇帝的人，这点毋庸置疑。能得到宠幸的宫女留下；不能留下的，年龄大了放回。康熙朝是三十岁，雍正朝二十五岁，总之嫁人已经很难。元春进宫是做女史去的，我们由此可知贾府是包衣出身，同时也验证了曹家的包衣身份。当然包衣也有地位显赫，封公封侯的，贾府便是一例。也可佐证，元春封妃没到二十五岁，若二十五岁就会被放出宫。她省亲时也就二十多岁。

听了这些，读者就会明白，皇家选嫔妃，就像贾府娶妻纳妾；皇家选宫女，即可类比贾府选丫头，一般也是家生子，不够才在外面买。贾府是皇家的家奴，就像赖嬷嬷家是贾府的家奴一样，但比有些正经的主子还体面气派。所以，不可小觑家奴，说来道去还是自己人。

年轻时看红楼，有朋友和我讨论，说："宝钗进宫不是为了取悦皇帝，而是给公主和郡主做陪读。"其实，这没多大区别，目前还不能确切知道宝钗有没有选妃资格，如在八旗之列，不想选都难。

红楼只说："因今上，崇诗尚礼，征采才能，降不世出之隆恩，除聘选妃嫔外，凡仕宦名家之女，皆亲名达部，以备选为公主、郡主入学陪侍，充为才人、赞善之职。"意思是说皇帝放开政策，仕宦名家之女也可以报名当陪读，不只局限内务府三旗。也可知宝钗只是选宫女，女官而已。薛家既不是外三旗，也不是内三旗，应属汉人，也幸亏没选上，否则也要等二十五岁才放出。所以，但凡进宫女子，一般都想接近皇帝。

至于逃选一说，不太苟同，报名是自愿的，薛家完全可以不报。若薛家是内务府三旗，逃都逃不掉，一年称病，下次还要来，否则二十岁都不能结婚。曹寅包衣出身，当年即康熙的陪读，宝钗进宫同上，候选的不是妃子，而是做公主的陪读。

宫女有九等，女史属第三等。到了第十六回，贾政过生日，夏太监前来宣旨，说："元春晋封为凤藻宫尚书，加封贤德妃。"从此元春的身份有了质的飞跃，完成华丽转身，贾府也从一介包衣变成了皇亲国戚，这也是贾府上下为之兴奋的原因。这时离她进宫应该已有七八年之久，因为宝玉快十二岁了，宝玉三四岁时，元妃还在府中教授他功课。她的攀升应该也是一步步的,只是中间作者略去许多。

一个女史能做到贤德妃,实属不易,后来贾政一口一个贵妃的,可以准确定位元春在宫中的位置。在后宫,皇后最大,只此一人,下面是皇贵妃,也是一人,紧接着就是贵妃。贵妃有两个编制,再往后就是妃四个,嫔六个。这些人分住在紫禁城的东西十二宫,余下的贵人、答应、常在随往同住,名额不限,整个后宫呈金字塔状。

清代后宫人数比明代少,一般只有三百多人,不扰民,不像明代每年到江南选秀,弄得鸡犬不宁。这也是导致清代嫔妃不漂亮,有的还很丑的原因之一。元妃的地位仅次于皇后和皇贵妃,和吴贵妃平起平坐。在第十六回,贾琏对凤姐说:"吴贵妃的父亲吴天佑家,也往城外踏看地方去了;周贵人的父亲,也在盖省亲别墅。"可见省亲不只元春一人,那时因省亲在京城大兴土木者大有人在。

二

何谓省亲,省亲即嫁出去的姑娘回门。一般女子婚后三天回门,元春的回门却等了若干年,因她的夫君是天子,不仅不能回门还不能与家人相见。这次已降不世之隆恩,开历史先河了。

即便现今,普通人家姑娘回门,无非收拾出一间洁净居室,热情款待下完事。嫁得远的,娘家家庭条件好的,可以重新装修下,以示隆重。当然,在大家族里,还要看女儿嫁得好不好,势利都是有的。元春可谓登峰造极,回来的仪式自是不同。

在这上面,皇家和百姓家本质上并无太大区别。像埋葬,不管修多大的陵墓,无非前面竖一个牌子,后面建个土包子,只是放大几百倍甚至上千倍，以示隆重。我们去十三陵地宫，也不过下到土包子里，里面稍微复杂些，分出若干房间，再多放点儿东西而已。元妃省亲相当于普通女子回娘家，只不过烦琐靡费了些。

有多烦琐呢？吴贵妃家，现到郊外圈的地，而贾府是在两府旧址上，划出三里半大小的位置，把不少房屋拆除，能利用的水源树木加以利用。

贾琏对贾蓉说："正经是这个主意才省事，盖造也容易；若采置别处地方去，那更费事，且倒不成体统。你回去说这样很好，若老爷们再要改时，全仗大爷谏阻，万不可另寻他处。"此语可看出贾琏是个头脑灵活、内有成算之人。如果像吴贵妃家那样重新选址，不仅靡费出买地这笔资金，以后还必然闲置，不可能像大观园那样利用起来。

贾政无用，全凭贾赦、贾珍、贾琏他们调度，请人丈量、设计图纸，采买原材料等，这是前期。后期还要购置里面的金银器皿、古玩字画等。仅帘子一项，书中写道："帘子两百挂，外有猩猩毡帘二百挂，金丝藤红漆竹帘二百挂，墨漆竹帘二百挂，五彩线络盘花帘二百挂。椅搭、桌围、床裙、桌套，每份一千二百件。"即毡的、竹的、布的，春、夏、秋、冬的帘子都有了。至少有两百多个房间，一千多张床。非小门小户盖一所房子装修那么简单。

这是死的，还有活的，如各色名禽异鸟、鱼类、藤萝花草等。当然还有人，包括小道士、小尼姑，妙玉就是那时进的府。贾蔷还南下姑苏聘请教习，采买女孩子，置办乐器行头，也就是买人。光这一项就支了三万两纹银，总体花多少钱，不知道！反正海了。

第十六回，脂砚斋批："借省亲事写南巡，出脱心中多少忆昔感今。"是说写省亲实是写曹家当年接驾。借贾琏乳母赵嬷嬷之口说贾府也接驾一次，把银子花得淌海水似的！这里作者虚晃一笔，瞒下真实情况。赵嬷嬷又言："独甄家接驾四次，若不是我们亲眼看见，告诉谁谁也不信的。别讲银子成了土泥，凭是世上所有的，没有不是堆山塞海的，罪过可惜四个字竟顾不得了。"

甲戌侧批："甄家正是大关键、大节目，勿作泛泛口头语看。"赵奶母本是贾府之人，怎会看到甄家盛况？可见甄、贾本为一家，属一面镜子的正反面。甄家实是曹家，也可知甄、贾、曹实为一家。脂砚斋批："极力一写，非夸也。"另一批："真有是事，经过见过。"可见这些都是事实，只不过作者把南巡换成了省亲。

经过一年多的时间，省亲别墅竣工后，又经过一系列稠密布置安排，请毕旨，元春才可以回门。时间定在正月十五。那时，贾府日日忙乱，年也不曾好好过。贾母又亲自带人进去检视，直至确定无误。

到了十五，元妃吃过晚饭，拜过佛，又陪着皇帝看完花灯，在戌初时起身，也就是晚上七点半左右。先是一对对红衣太监骑马遥遥而来，然后一把曲柄七凤金黄伞，便是冠袍带履，后又是一拨太监，这时元妃的金顶金黄绣凤板舆，也就是轿子出现了。第十八回，元妃第一次露面，也是唯一一次露面，作者实写。元妃一出场便花团锦簇，气象万千，是个集才貌、温良、慈爱、雍容为一体的女子。

元春的仪仗里，有把曲柄七凤金黄伞，恰好可以说明《红楼梦》的成书时间绝对不早于乾隆初年。在此之前，清代皇贵妃、贵妃的仪仗使用的都是红缎七凤曲柄伞。到了乾隆十三年（1748），清廷修订礼制，改为"七凤金黄曲柄盖"，曹雪芹的金黄伞由此脱胎而来，红的改成了黄的。这个细节便可否定此书为曹寅或明代某人所撰的一些不实推论。

元春先入大观园，登舟大略游览了一番。看着银灯雪浪，琉璃世界，珠宝乾坤，内心不免一再叹息过奢。随后至行宫，接受拜礼，先是贾赦带着男的一拨，他在男主子里居长；后是贾母带着女的一拨，这是行国礼；然后更了衣出了园子，元春亲至贾母正室，才和贾母、王夫人等真正相见，这是家礼。不能乱套。

有些影视剧不尊重原著，一下轿，大庭广众之下便诉悲喜，是违背事实，有失贵妃身份的。一个女子一旦嫁给九五之尊，国在前，家在后，是必须的。所以，连贾母都要跪下。想那时，元春的心情该有多复杂、急切，这个家自十几岁离开，就没回来过，但皇家有皇家的礼仪，哪里更衣，哪里会面；几时来，几时走；哪里挡，哪里遮，早已由小太监安排下了。

所以元春见到贾母和王夫人，便相拥而泣。第一句话竟是："当日既送我到那不得见人的去处，好容易今日回家，娘儿们一会，不说说笑笑，反倒哭起来。一会子我去了，又不知多早晚才来！"这是曹侯惯用的技法，偏于热闹中写上一笔冷艳。直言皇宫是见不得人、不是人待的位置，既没人性，又没自由，更无爱。

皇帝只讲宠，不讲爱，两者有很大区别。前者是上对下，后者多了层平等与尊重。人的一生温饱是基础，金钱是工具，终极目标是精神的富足与温暖。韦小宝曾把皇宫比作妓院，再恰当不过。即便是宠，宠了今天还有明天吗？三年一选，总有新人推出。正如书中所批："博得虚名在，谁人识苦甘。"

元妃在贾母这见过所有女眷，受了下人的拜礼，问起薛姨妈、宝钗和黛玉。贾母方回："外眷无职，未敢擅入。"这是定位，她们是客。下人可以见，但没有皇妃的旨意，她们不能来，这也是黛玉在贾府的内心敏感所在。后来元妃又见了宝玉，这次省亲唯一见的亲男，属特谕。

即便和父亲贾政说话，也只能隔着帘子。这就是皇帝的女人，不是人人能见的。

见过之后，筵宴齐备，又请贵妃进园游幸。她从有凤来仪，也就是潇湘馆，一处处看过来，极加赞赏，又劝："以后不可太奢，此皆过分之极。"回宫时，一再嘱托，倘若明岁天恩仍许归省，万不可如此奢华靡费了。回宫后又命姊妹们搬进园中，免得空置浪费，均体现出她崇尚节俭、反对奢靡、物尽其用的绝好品质。这里有"过分"二字，她在皇宫该经历过怎样的富贵荣华，但见此景，仍叹为观止，可想此次省亲有多奢华铺张。

来到正殿，元春宵了夜，改题了几个匾额，看了姊妹们作的几首诗，又听了四出戏。第一出《豪宴》，庚辰双行夹批：《一捧雪》中伏贾家之败；第二出《乞巧》，庚辰夹批：《长生殿》中伏元妃之死；第三出《仙缘》，庚辰夹批：《邯郸梦》中伏甄宝玉送玉；第四出《离魂》，庚辰夹批：《牡丹亭》中伏黛玉之死。又总批："所点之戏剧伏四事，乃通部书之大过节、大关键。"

这四出戏，是伏笔，在贾府的现实生活中将一一上演。顺序是，贾府被抄，元妃薨，甄宝玉给贾宝玉送玉，最后是黛玉亡故。也可知元春死在贾府没落之后、黛玉之前。黛玉死后，整部书基本收尾。

唱戏的有个叫龄官的女孩儿，唱得特别好，元妃就令她不拘什么再唱两出。贾蔷命她做《游园》《惊梦》，她偏要做《相约》《相骂》。贾蔷拗不过，就依了她。这个女孩儿很有个性，不惧权贵，又有点儿调歪，贾蔷很迷她。在后文情悟梨香园一节可知，她对宝玉也是爱答不理的。

元妃命："不可难为了这女孩子，好生教习。"并赏赐了很多东西，有缎子、荷包、金银锞子、食物等。可见元春的慈爱和大度。金银子，即小金锭。不规则的半圆形，中央凸起，可在手中把玩。铸有吉祥字样，体现财富价值，但不在市场流通，是富贵人家长辈给晚辈的礼物。

最后她又游历了几处景点，把从上到下赏赐的东西发放完后，也就回宫了。我们捋下，元春回府无非是见面、观园、吃饭、听戏、赏赐、回宫。从古至今跑不出这个套路。

三

在赏赐礼物的名单中，宝玉和宝钗、黛玉众姐妹的一样，贾环和贾珍、贾琏、贾蓉的相同。以此可见，元妃待宝玉与贾环不同，也可知在那时，元春待宝钗和黛玉皆出一意，并无区别。但到了端午赏节礼时，便另行安排，把宝玉和宝钗单剔出来，规格升高一级，以暗示金玉之说。

那在这两三月间，到底发生了什么，才有如此之变呢？原因可能有二：一是元妃虽只见过宝、黛各一面，觉得她们与众姐妹不同，娇花软玉一般，亦都喜欢。但宝钗端庄健康些，又是母亲那边的，心里天平自然倾斜；二是现今皇帝开恩不仅准许一年一度的省亲，还允许亲属每月进宫探视一次。王夫人的意见多少会影响她，即便不明言，只须一再说宝钗如何如何好就行了。

元妃是丑正三刻回宫的，也就是半夜两点半。那么她这次省亲，到底用了多长时间呢？应该是从晚上七点半到半夜两点半，七个小时之久。以后再省没省亲不知道，书中没有交代，大观园后来成了姐妹们的世外桃源。然而为了这短短的七个小时，耗时、耗人、耗资，真是得不偿失，损失应该是双方面的。

贾府这边儿，为了欢迎姑娘回门，投巨资，伤元气，落下亏空，进入寅食卯粮的阶段。故此次省亲并非贾府兴盛的开始，而是走向衰败的转折。兴与亡紧密相连，繁华的背后，是难言的苦楚和寂寞。元春那边儿赏赐出很多的东西，两府上下千号人，一个不落。这些东西皆宫中之物，除了皇帝赏赐的，可能还有元春自己平日节俭的私房。她在皇宫的地位，犹如贾府的姨娘，没多大权限。另据史料记载，乾隆七年（1742）乾隆皇帝曾下谕："诸太妃一切，俱系圣祖皇帝所赐。诸母妃所有，亦是世宗皇帝所赐。即今皇后所有，是朕所赐。各守分例，樽节用度，不可将宫中所有移给本家，其家中之物亦不许向内传递。"意思是说，皇后嫔妃所有之物，皆系皇帝所赐，不能外流，外面的东西也不要进来。非空穴来风，肯定前面发生过一些私相传递之事，才有这么一项规章制度诞生。具体情况，不作深究，以书内为实。

　　后来书中一再道荣府艰难。第五十三回，借贾珍和乌进孝的对话说出荣府的真实状况。贾珍说："我这边还可以对付着过，比不得那府里，这几年添了许多花钱的事，一定不可免是要花的，却又不添些银子产业。这一二年倒赔了许多。"乌进孝笑道："那府里如今虽添了事，有去有来，娘娘和万岁爷岂不赏的！"书中开始辟谣，纠正民间的一些看法。

　　贾蓉等忙笑道："你们山坳海沿子上的人，那里知道这道理。娘娘难道把皇上的库给了我们不成！她心里纵有这心，她也不能作主。岂有不赏之理，按时到节不过是些彩缎古董顽意儿。纵赏银子，不过一百两金子，才值了一千两银子，够一年的什么？这二年那一年不多赔出几千银子来！头一年省亲连盖花园子，你算算那一注共花了多少，就知道了。再两年再一回省亲，只怕就精穷了。"

那修建大观园的钱到底谁出呢？当然是荣府，也就是贾政这边儿，因贾赦单过，这笔开销和贾赦、贾琏都不会有太大关系。贾政其人，书中一再美其名曰，不贯俗物，意思是说他是个只读圣贤书的人，实是个废物。他的钱被贾珍、贾蓉，也许还包括贾赦、贾琏哄去不少。

贾蓉揽到金银器皿这项差事时，脂砚斋当时就批："肥差"。贾蔷拿放在甄家的五万两银子中的三万两请教习、买戏子、衣服行头，剩下的两万留做彩灯蜡烛用，这是多大的一笔开销。贾琏当时还质疑小孩儿能不能办好事儿，凤姐一再打圆场。跟去的人还有单聘仁（善骗人）、卜固修（不顾羞）两个清客相公，听听名字，就知咋样。

贾蓉、贾蔷还分头询问贾琏和凤姐需要啥，顺便支来孝敬。贾政这边儿很是窝囊，里外都依靠外人当家，这其中有王夫人很大的责任。曹雪芹晚年后，多有悔悟，于漫不经心处，总要书上几笔。

当年曹府接驾时，也是花得流金淌银一般。哪里来的那么多钱？赵嬷就说了："告诉奶奶一句话，也不过拿着皇帝家的银子往皇帝身上使罢了！谁家有那些钱买这个虚热闹去？"明言是国库里的钱，属挪用公款。作者借赵嬷之口，披露曹家接驾之事。曹寅在位时，不仅欠公款，还欠私款。除了接驾造成的巨额亏空，平日还要打点贝勒爷们，另外往来事务不减，家里又极尽奢靡。皇帝多次催促，曹寅死不瞑目。曹府还了旧债欠新债，债海难偿。但不是人人都有危机感，到曹頫在职时，照样骄横跋扈，骚扰驿站，勒索钱财，外加转移财物。最后被雍正抄没，全部家产充公。并下批：原不是个东西。

贾府也是在省亲之后走向没落，开始东挪西凑，捉襟见肘的。上面贾珍说的每年倒赔出几千两，又不能不用，应该是打发太监的费用。这跟贝勒爷勒索曹府如出一辙，先前可能是笑纳，最后公然索要。只不过曹雪芹在文中，把康熙皇帝换成元妃，贝勒爷随之改为太监。第五十三回，贾珍道："外明不知里暗的事。黄柏木作磬槌子——外头体面里头苦。"

第七十二回，写六宫都太监夏守忠（瞎守忠）多次派小太监前来借钱，实为勒索。这个夏守忠是个大太监，宫外有自己的府邸。当初元春封妃和让宝玉姊妹入住大观园，都是他来传的旨，还笑眯眯的，可见已今非昔比。另外，他们勒索的数目还相当大。

也是同回，小太监说借两百两，夏爷爷说若有了，连同上两回的一千二百两银子一起送来。凤姐说："你夏爷爷好小气，要是这样记着那就算不清了，只怕没有，有只管拿去。"贾琏也说："这一年，他们搬得也够了。"还有一个周太监夹杂其中，张口就是一千两，贾琏稍应慢点儿，便有不悦之色。明写太监，实写元妃的消息，可见元妃在宫中的日子已不大好过。贾府原想有了这么个靠山，可以永享太平，没想到"竹篮打水一场空"，反而赔进去许多。给钱是想让元妃在宫里的日子好过一点儿，曹雪芹这里写得颇含蓄。

这是外部，还有内部。省亲后一年不如一年，虽说像探春说得那样："百足之虫死而不僵。"但贾府照样气派，不见一星半点的节俭。从贾母开始就喜欢热闹，出门前呼后拥，还收留不少外戚，宝钗、湘云、岫烟、李纹、李绮，还有宝琴。黛玉也算，只是亲些，是外孙女。并且她们还有一些丫头、嬷嬷、仆妇们，不能不算一笔不小的开销。开篇第二回冷子兴演说荣国府，已提到"生齿日繁，事物日盛，主仆上下，安富尊荣者尽多，运筹谋画者无一，其日用排场费用，又不能将就省俭。"何况又经历了这几年，枝叶越发庞大，但银钱来路越发局促。

其实，在大观园里，只住着一位贾政这边的千金，那便是探春。

连迎春都是贾赦那边儿的，惜春是贾珍那边儿的。但大观园多热闹，花团锦簇，人来人往。即便袭人回家奔丧，王熙凤还要亲为检视衣饰，生怕丢了贾府的颜面，这些人皆活在虚荣里。除了早期的秦可卿有危机感，留下嘱托，再就探春有兴利除弊、节源开流的举措，别的人都是过一天算一天、享受一天。贾府的男人更别提了，照样吃喝嫖赌，歌舞升平。贾政严谨些，但养了一堆只知道搞他鬼的清客，没想到"咔嚓"一声，从天上摔到地下。所以，贾府的三丫头着实令人敬爱！也只有她为自己的家夙夜忧叹。曹侯不是等闲之辈，每个人物自有其合理性。

四

元春无子。在封建社会，母凭子贵，何况大内皇宫。偌大的紫禁城前三殿没树，光秃秃的。嫔妃的院落只种石榴，皇家要多子，大婚要盖百子被。皇帝也是一夫一妻制，皇后统领后宫，嫔妃再多也只是生育工具。想要立足，就要留下一星半点儿的皇家血脉，所以很少有嫔妃真正爱皇帝，而是热衷生孩子，甚至不惜下药投毒，通过种种卑劣手段，以巩固自己的地位。在贾府，邢夫人因无子只知自保，周姨娘也很安静，赵姨娘仗着生有一哥儿、一姐儿天天瞎折腾。元春一直无子嗣，在皇宫的地位可想而知。

关于元春的年龄众说纷纭。她是贾珠之妹，宝玉之姐。贾珠结婚时不到二十，就生有一子贾兰，入住大观园时，贾兰才五六岁，贾珠若活着也就二十五六岁的样子。省亲时，元妃怎么也大不过贾珠的年龄。宝玉入园后写《四时即事》时才十二三岁，元春未入宫前，在宝玉三四岁时，就手传口教宝玉几本书上千字，清宫选秀一般介于十四岁至十六岁间，她最多比宝玉大十岁，也就是省亲时不到二十四岁。续书写她四十三岁薨，跨度太大，不符逻辑。

关于元春的死，续书说因病而薨，与前八十回不符。元春的判词是："二十年来辨是非，榴花开处照宫闱。""二十年"不管是指入宫前，还是入宫后，还是活到二十岁方明白，但在皇宫石榴开花结子才是最重要的。元春死在黛玉之前，黛玉走时也就十七岁，刘姥姥二进荣国府，在第三十九回，作者有过隐喻。所以，元妃死时不会超过三十岁，确切点说应是二十八岁，这是我的推论。所以更倾向这个二十年，指的是她的年龄，一个约数。

曾有个朋友收过一件道光年间的粉彩小缸，上绘元春，附有细若青蚁文字若干。其中提到元春崩于寅年卯月，得年三十余，不同于程高本的卯年寅月，存年四十三。于自己的推度也算暗合，颇惊喜，无疑说前人并不认同续卷。红楼成书于乾隆朝。高鹗是乾隆三年（1738）生人，与曹同属一朝。续本印于乾隆末年，但经嘉庆，至道光，世人置若罔闻，可见心中自有算盘，也许从别的版本获知也是有的。看红楼不想幽悬探佚，弄得满纸支离破碎，索然无味，但也常有一些小想法飘过。朋友的瓷器倒是佐证了一段历史，那个时代的人对这部小说的看法，应算一个不小的发现，比一味虚谬揣度，强且有力。

"三春争及初春景，虎兕相逢大梦归。"虎兕各版本不同，有做虎兔的，有做虎凶的。有人支持虎兔，说十二生肖与十二地支相连，指死的时间。笔者更相信是虎兕，指死的原因。兕是一种类似犀牛的古代动物，凶猛异常，并坚信元春早卒，死于宫廷政治斗争。

省亲一节是元春生命的高潮，也是贾府的鼎盛时期，以后随之衰败。猜灯迷时，元春的谜为："能使妖魔胆尽摧，身如束帛气如雷。

一声震得人方恐，回首相看已成灰。"其父贾政猜出是爆竹，很悲戚，一响而散之物。

不知道曹雪芹为何把吴贵妃的父亲起名吴天佑，估计是无老天保佑的意思，按说这个人有名没名，出不出场皆可，一笔带过便是，作者不该这样煞费苦心。也许暗指元妃和吴贵妃的争斗，也未必可知。在第十三回，秦可卿临死给王熙凤托梦："眼见不日又有一件非常喜事，真是烈火烹油，鲜花着锦之盛，要知道，也不过是瞬间的繁华，一时的欢乐。"足见繁华之短，喜极悲至，更验证元春不会是四十三岁薨。

《红楼梦》十二支曲关于元妃的是："喜荣华正好，恨无常又到。眼睁睁把万事全抛，荡悠悠把芳魂消耗。望家乡，路远山高。故向爹娘梦里相寻告：儿命已入黄泉，天伦呵，须要退步抽身早！"可以看出，她的死是一个转折，属无常，死在贾府抄家、父母健在之前。

在全部书中，元妃是关键性人物、贾府的靠山。她倒了，贾府也就山崩地裂，树倒猢狲散了。这一切的结束，在省亲后不几年。省亲前，她和贾府都有过一段荣耀显达之日；省亲后，贾府慢慢走下坡路，她也逐渐失宠。她死了，贾府也就完了。脂砚斋曾言借省亲写南巡，即作者借元春省亲，写康熙皇帝南巡。康熙皇帝六次南巡，曹家四次接驾。曹府有没有这个皇妃还不一定，真实的情况是康熙皇帝死了，曹府的靠山没了，雍正六年（1728）被抄没。

红楼是一部以生活为底稿的小说，曹雪芹不断抽换修改，所以读者今日看到的版本各不相同。因未完，留下无数悬念。但元春自始至终是里面的一个重要角色，关乎贾府命运的兴衰，也左右着宝、黛的婚姻，是个举足轻重的砝码。

红楼留给世人的教训是深刻的，靠人不如靠己。皇帝也好，妃子也罢，都有消失的那天。虽说政治的漩涡深浅不知，生怕踏错一脚，但在自家，明心净己，整肃家风，子弟勤勉，方是兴家之道。《红楼梦》这本书，是作者写给自己的，也是写给世人的，唯愿永志。

载于《当代作家》2015年第四期

- 第三辑 -

从黛玉葬花和宝钗扑蝶看其对生命的态度

红楼里的人物,大多一对对出,场景也对应关联,此乃曹侯的惯用手法。与黛玉对应的人物是宝钗,与黛玉葬花呼应的场景为宝钗扑蝶,这是众所周知的。

那么看下这两处场景的微妙,所延伸出来的情节及对人物心态性格的辐射。

黛玉葬花发生在第二十三回,是个起源,属过门儿。大观园落成后推出的第一个场景,亦是后面泣残红的前奏,这样方不突兀。时间为三月中浣,桃花飞谢,满天皆是,煞是好看。黛玉背着花锄,挑着绣囊,逶迤而至沁芳闸桥边。宝玉正在那看书,这是种巧合,也是曹侯故意安插的。场景非常之美好,有水,有桥,有石,有落花,还有一位绝世佳人。

庚辰侧批:"一幅采芝图,非葬花图也。"蒙侧批:"真是韵人韵事!"庚辰眉批:"此图欲画之心久矣,誓不过仙笔不写,恐亵我颦卿故也。"三条批语同时透露出一个信息,图面之美好,美到无以复加,画者都不忍落笔,怕唐突颦卿。此系葬花首次亮相,属预演,不见半丝哀伤,笔调十分轻快。告诉了我们另外一重信息,亦是主要一点,黛玉葬花非芒种那天偶然为之,或今之所兴,而是常常如此。一种动作流程,不自觉的艺术行为。绝非有些人说的自慰、自怜,也非狭隘的以花喻人，而是内心对这些独立芳香生命的真正热爱。

宝玉也爱，见桃花落得满书满身皆是，怕抖将下来，被脚步践踏了，便兜至池边，抖在水里。"脚步践踏"四字后面，也有脂砚斋批："情不情。"是说宝玉是个有情之人，能把自身情感延至这些无情物上，是种输送，也可说用自身感情打动这些没有感情的东西。无情物，指桃花。此乃宝玉一生定位，乃大爱的诠释。

黛玉却说了："撂在水里不好。你看这里的水干净，只一流出去，有人家的地方脏的臭的混倒，仍旧把花糟蹋了。那畸角上我有一个花冢，如今把它扫了，装在这绢袋里，拿土埋上，日久不过随土化了，岂不干净。"可见冢早已立成，小女子私下的故事，非一时心血来潮，行事作风与别人自是不同。为花做冢，新奇之至！庚辰双行夹批："写黛玉又胜宝玉十倍痴情。"是说黛玉对事物的痴情不逊宝玉，更胜一筹。她的痴不单囿于男女之间那点私情或个人得失，绝不小我，而是辐射万物的。

宝玉怕把这些花踩疼了、弄脏了，黛玉却替它们安葬，找了个好的归所，又进了一层。世间很多东西在她心里是活的，具备感情因素，桃花也是，并非无情物。她的批语为"情情"，是用感情打动感情，抑或打动都不需要，而是尊重，外物在其眼里皆有情。绝非有些人说的，黛玉是谁对她好，对她有情，她就对谁好，对谁有情。此乃对"情情"的误读。在情的境界范畴上，黛玉比宝玉要高广，所以用了两个并列的"情"，代表独立平等友爱。

由葬花引申出来的情节，是共读西厢。"诗童才女，添大观园之颜色。"画面美好经典，没有埋花，岂来共读！埋花指死，可爱情还没开始。此后，大观园的帷幕一点儿点儿拉开，后面诸多情节汩汩流出。

红楼梦是一部记录成长的书，关于《西厢记》已经说了很多，作者也一再申明自己的爱情观，这里便不赘述。当时，作为成长中的少男少女，被这本书吸引再正常不过。人是不断刷新自己认知的，这与后来作者对爱情的甄别、诠释并不冲突。

真正葬花，《葬花诗》面世是在二十七回。回目为：滴翠亭杨妃戏彩蝶，埋香冢飞燕泣残红。扑蝶在前，葬花在后，曹侯把两人一总写来，巧妙之至。那日是芒种节，气温升高，夏日即到，北方大麦、小麦开始成熟，万物逐渐繁茂。然而花的使命已然完成，众芳摇落，花神即将退位，所以也叫饯花节。

闺中尚古风，也就热闹非凡。大观园内彩绣飘飞，姑娘们打扮得花枝招展，用花瓣柳条编了些轿马，绫锦纱罗叠成干旄旌幢，系到树干花枝，感谢花神，为其送行。这里的"轿马"指交通工具。"干旄旌幢"中的干，为盾的意思，"旄旌"为古代祭祀时的导神之物；旄，通茅，用牦牛尾装饰的旗子；旌，用羽毛装饰的旗子；幢，为伞的意思，即仪仗队。闺中儿女准备好了车呀、马呀、旗子呀、伞呀，花神就可以上路了，明年再来，四季轮回而已。体现了人与自然的和谐共处及敬畏之态，意在万物有灵、各司其职。这些做法看似隆重，也只是表面化，流于形式，并非每个人对花朵这种生命本身都能够真正尊重与爱怜。

真正饯花的是谁呀？是黛玉！黛玉生于二月一十二，花朝节，百花怒放之时，是曹雪芹特意安排的。她是位花神，或使者。至二十七回芒种饯花节，是个完整过程，属连带。黛玉葬花，葬的是自己，是群芳，也是自然界的鲜花，有双层含义。黛玉把花当作人，有血有肉看待。姐妹们做的是前期工作，她才是真正的送花人、收尾者。人死了是要埋的，埋就要有冢，便于祭祀，还要有棺材，不能裸埋，否则不得超生。所以，无论多窘迫的年代，都有卖身葬父的，哪怕换口薄皮棺材。颦儿同样给花缝了一个锦囊，当棺椁，把它们装殓起来，亲手埋掉。

曹侯写此情节非平白无故，是有寓意的，绝非简单突出黛玉浪漫的天性，别出心裁，特立独行的姿态。而是对生命更高一层的热爱，精神世界的另一重打开，由人及物的宽广，这种境界不是人人都能有的。所以黛玉的另有肠肺，是精神世界的盛大，感性气质，艺术审美的高度，而非旁人的曲解。

再说宝钗。宝钗扑蝶是她作为少女形象，最浪漫美好的镜头，非常难得。她的一生多处于人际流转中，不太留意自然之态，自身禁锢很深。平日端肃，并不多言，有一定的威望，颇受敬爱。扑蝶那天她独行，看见一双玉色蝴蝶，大如团扇，上下翻飞，非常有趣，便想扑来玩耍。遂向袖中取出扇子，怎奈那两只蝴蝶起起落落的，并不好扑。她蹑手蹑脚地跟着，一直追到滴翠亭边。她胖，有杨妃之姿，难免香汗淋漓。没扑到，也就罢了。这个画面非常短，就几句话，主要为引出后面的情节，小红和坠儿的对话。

尽管很多人标榜自己如何如何客观，搬出诸多理论，但都走不出自身缝隙。当你喜欢一个人时，会不自觉维护，不喜欢时便抵触，这是常情，也是常态，很难跳出来，进入对方轨道。宝钗扑蝶回颇受争议，诟病的多是她嫁祸黛玉。清代有人评她卿卿即蛇，言辞激烈，下口之狠，不是一般，可见对其厌恶。当然也有不少学者为其翻案，但都不在本文讨论范围之内，熟烂之事暂且丢过。

我们只说生命，生命到底是什么？这是一个很宽泛的话题，是活着的时间，是过程。生就是活着，命即长短。有血有肉的是生命，有汁液的是生命，有量子纠缠的都是生命，包括宇宙万物皆有生命，是隐形或显形的问题。花是植物，是有生命的，不会说话，不会行动，最起码在人类肉眼里是这样，风来时才能摇摆几下。蝴蝶是动物，是有生命的，比植物高级些，会说话，只是我们听不懂，它也能行动，会保护自己躲避外来侵害。除了和人样貌不同外，大体构造差不多，只不过人类更强大高级些。

宝钗看到蝴蝶可爱，要扑了来玩儿。怎么扑？用扇子轻轻拍下，抓到手里玩儿，还是追追罢了？我们不得而知，总之不比自由飞翔好。这两个场景是对着写的，无非对生命的处理态度，只不过一个对植物，一个对动物罢了。

美丽的东西大家都爱，也遇见过蝴蝶落于肩头，或藏于窗帘背后。是不是一定要抓住它看个究竟，或做成标本，还是不去惊扰它，任其飞走，完成应有的命数。如果说宝钗只是嬉戏，并没真心想扑也可以，这里不作深究。但这个场景是无法和黛玉葬花对看的，真的很薄弱。也许有人会说，黛玉葬花是无病呻吟，没事儿干，花开花谢本常态，自然规律而已。这和傅家的那两个婆子说宝玉对小鱼咕哝是犯呆气一样，尚不知道生命的多重含义，依旧停留在吃、喝、拉、撒上。缺少艺术的、感观审美的翅膀，灵魂注定飞不高，与一些美妙事物也注定无缘。人之内心不同，关注度有别。有的人内心广博深邃些，也就敏感丰富些；有的人内心也就蝇头针鼻那么大，目力所及皆为自身利益而已。

人性是相当复杂的，每个人内心都住着一个撒旦，说不好哪天便会被诱发出来。能疏导、排挤它的只能是美好的情怀，注意力的分散，更广袤的枝叶，柔情地填充。否则便是定时炸弹，不知何时会引爆。

别说自己多善良，那是没给你恶的诱惑平台，你的善良不经说，得由别人定义。

像阿玛兰妲，那么温柔的人，因爱而嫉妒自私，毒杀姐姐，反误毒了嫂子。她有多坏？没有多坏！但事情的后果却很坏。她没能救赎自己，没人惩罚她，自己就做了裁决，寂寥一生，可谓百年孤独。说这些没别的意思，每个人身体里都埋有毒素，这种毒素是要用美来稀释的，否则即便捧着玫瑰经、扛着橄榄枝也没用。

说回黛玉，黛玉是道家的化身，具有自然之美、艺术之美，是感性气质的代表；宝钗有着儒家的世俗之美，生存循环在人类自身的法则里，她们的关注度不同。葬花这种事儿不是黛玉发明的，也非曹侯杜撰。文化是有传承的，最早葬花的是唐寅。唐伯虎作有《落花诗》，文人的雅集趣事，精神世界里的那点儿东西，也算千古奇闻。

《艺圃撷余》云："唐子畏居桃花庵，轩前庭半亩，多种牡丹花，开时邀文征仲、祝枝山赋诗浮白其下，弥朝浃夕。有时大叫恸哭。至花落遣小僮一一细拾，盛以锦囊，葬于药栏东畔，作《落花诗》送之，寅和沈石田韵三十首。"意思是说，唐寅居住桃花庵时，有半亩庭院，多种牡丹。开的时候，请文征明、祝枝山花下赋诗饮酒。有时放声大哭，待花落了，让小童一一拾起，用锦囊装好，埋于花栏东边，作《落花诗》送之。"浮白"，饮酒之意。"药栏"，芍药栏，泛指花栏。然而能把这个图景推向高潮，达到自然极致境界的是黛玉，并予以了它绝世之美。体现了黛玉的行为美、思想美、情感美、境界美。

再往下看，宝钗来到了滴翠亭，听到亭子里有人说话，便刹住脚细听。这个亭子建在水里，离水边并不太近，不仔细听还真听不到。当时，坠儿正和小红说捡帕之事。这件事说大也大，说小也小，想上纲上线就大，不想理论也就罢了。具体故事是贾芸拣了小红的手帕，至于这个手帕是小红故意丢的还是巧合就不知道了。贾芸对小红动了心，小红对贾芸也暗生情愫。贾芸让坠儿把手帕还给小红，并索要谢礼。大了说有私相传递之嫌，小了说是归还东西，但毕竟是关于爷们儿的事儿，便无法敞亮。当时社会对女子要求相当苛刻，婚姻乃媒妁之言、父母之命，和本人没多大关系。但人之天性是挡不住的，所以书里面，五花八门的事儿比今天尤甚。

按理说小红并没犯多大错误，窗户纸尚没捅破。宝钗的第一个反应却是："怪道从古至今那些奸淫狗盗的人，心机都不错。"立马把小红和坠儿划至奸淫狗盗之列。奸淫，指男女间有非法性行为。狗盗，像狗一样盗窃，引申为下贱。这里有蔑视、瞧不起之意，非常刻薄。宝钗的好，平日表现出来的优秀，实则是教养，是那个阶级社会给她的教育，非本性。这点可与鸳鸯撞见司棋与表弟潘又安在假山后偷情对看。宝钗理解的人对人好是有局限性的。黛玉刻薄的是嘴，宝钗更胜一筹，乃心，只是不说出来罢了，这是她俩的区别。宝钗崇理，有自己的圭臬，滴翠亭之事，是她的直觉，也是总结。

小红怕被别人听到，遂推开窗子。若这时看到宝钗，肯定尴尬，臊得慌。宝钗机智，故意放重脚步，嘴里喊着"颦儿！颦儿！"绕进去装作寻找，看了看，演了会儿，自说自笑，泰然自若地抽身走了。何其老练！那年她不过十五岁，还是个少女，并没多少人世经验。脂砚斋批："真弄婴儿，轻便如此。""真弄婴儿"四字，脂砚斋也曾用在王熙凤对贾琏身上，意在智力不及。这里的小红还真不是个蠢笨之人，伶俐得很，以宝钗的话叫眼空心大。宝钗是个了不起的人物，很多事一目了然，小红是宝玉房里的人，宝玉都不识得，偶然一次才撞进眼里。

宝钗却早已熟烂于心，并下了定评。足可见宝玉的马虎和宝钗的精细。

何为少女？少女绝非简单意义年龄上的大小，而是羞涩、经验不足的代名词，甚至是不自信的代称。少女爱脸红，常不知所措，是因为缺乏人事经验，对自身爱惜所致。三十多岁的女人就不同了，看过人世岁月，生过男，也育过女，加之大家族的历练，自会隐忍遮蔽，想脸红都难。没了羞涩，也就没了光泽，成了宝玉嘴里说的鱼眼睛。尽管宝钗机变，但确实会演戏，毕肖，作为少女这是不容易的。且先发制人，问小红、坠儿把黛玉藏在哪了。弄得她们云里雾里，的确如弄婴儿。尽管脂砚斋批道："亭外急智脱壳，明写宝钗非拘拘然一女夫子。"宝钗当然不是什么女夫子，心力机括几乎无人能及，比王熙凤强多了。她们最大的区别，一个受了教育，一个是文盲。

若有人赞赏这种行为，本人选择保留意见。每个女人都是从少女阶段走过来的，知道少女是怎么回事，内心如何纠结，很多事儿做不来。宝钗禁锢的是礼教，而非心性品质。不管如何辩解，有一点是肯定的，若你的行为让别人有所质疑，便不够纯粹。若换作黛玉，不会刹住脚步细听，更不会机变做戏，这种事儿哪来哪去，风吹风散，才懒得管呢！

看红楼没有几个能调和的，自古一件事，无论多深的理论，哪怕搬出心理学、哲学、美学、宗教、历史，全世界的家当来论述，都逃不出钗、黛之争。无非自己心中那点儿好恶，人就是这么褊狭。少时看红楼，十几岁，很直觉，喜欢黛玉，那时的书很极端，尾部注释给宝钗扣诸多大帽子。三十岁后，开始慢慢反省，是不是自己太武断，先入为主。有过一段矫正期，尽量均衡审视自己的目光，让钗、黛同步，二人合一。但到了今天，吃过了很多饭，走过了很多路，看过了形形色色诸多女性后，对生命对人性有了进一步体悟，还是喜欢黛玉。这是没办法的事儿。一个人的底色真的很重要，干净真的很可贵，深不见底的人真的爱不起来。

也就是那回，小红被王熙凤看上，飞上高枝。这是晴雯的话，脂砚斋批："被怡红埋没久矣。"但红楼是不是真的像表面文字写得那般轻松，如此偶然，王熙凤发现了小红的才能，得以重用？要知道小红是林之孝之女，林之孝是荣府的财政总管，和贾琏关系不错，可以坐着说话。贾琏给鲍二那二百两银子的风流债，就是让林之孝充在往年的流水里，即公款担了，搞了贾政的鬼。能保证作者不是用曲笔，另藏心机吗？所以看红楼，真是正反两面，不可被表面文字哄了去。

再来说黛玉。芒种那天为何触景生情，寡欢落泪？因为头一夜敲宝玉的院门没敲开。屋里灯火通明，还传出宝姐姐的说笑声，自己却进不去，颇委屈。加之无父无母，没个说心里话的地方，贾府的锦绣繁华与自己并没多大关系，寄居而已。想到宝玉这么个可亲可靠之人，也如此，遂抑郁一夜。第二天和姐妹们站了一会儿，便到香冢独自葬花去了。不开心，难免呜咽起来，随便念叨了几句，便有了有名的《葬花吟》，也见黛玉出口成章的才情。

此时恰巧宝玉也来葬花，这又是曹侯故意安插的一笔，要不读者怎会听到《葬花吟》，只不过借了宝玉的耳朵。至此，人花合一，共伤命运。黛玉由花及己，而不是把自己比作花，才去葬花。这点一定要分清，她没那么自恋浅薄。如她等燕子回家一样，是对生命、生活的一种态度。也可知，葬花非一人，宝玉也是葬花人，在某种意义上他们是同类，拥有共同的情趣、审美及爱好。

"花谢花飞花满天，红消香断有谁怜？"第一句起得便好，问得也好，有谁会真的爱怜！这是拷问。这个世界虚情假礼太多，看一看红楼众女儿最后的归宿，死的死、亡的亡就知道了。你的死，不会让这个世界少什么，关心你的人也并不多，迎春、香菱均如此。

"尔今死去侬收葬，未卜侬身何日丧？侬今葬花人笑痴，他年葬侬知是谁？"问得很明白，也很清楚。非多虑，世事无常，在别人眼里，你真的没那么重要，葬你的真的不知是谁，想死得干净都不容易。

"桃李明年能再发，明年闺中知有谁？"生命是宝贵的，再发的桃李也不是昔年的那朵，死了就是死了，这是很无奈的事情。花是，颦儿是，所有人都是。《葬花吟》不是颦儿在问，而是作者在问、在思考！也不单单是一首词，而是作者的艺术手段，对生命的归结，能否体面、尊严、干净地离世。

载于《太湖》2018 年第六期

从逢五鬼说起

有朋友问，逢五鬼的为何是宝玉、凤姐，而非别人？

这个问题不难回答。逢五鬼始作俑者是赵姨娘，是她与马道婆合谋构陷，欲置宝玉、凤姐于死地的一出闹剧。

一个人若想对另一个人下手，必然恨极，或有不可告人的目的。那么，凤姐和宝玉与赵姨娘到底有何过节，以至招来杀身之祸呢？

我们先看下何为逢五鬼。逢，遇到，五鬼即五位瘟神，春瘟张元伯、夏瘟刘元达、秋瘟赵公明、冬瘟钟士季、中瘟史文业。瘟与疾病、与死相连，民间一直流行祭拜他们，以保家畜平安。现今，北方人还说某某像个瘟神之类的话。

《红楼梦》是部很含蓄的书，看似写得漫不经心，情绪上没多大起伏。作者不会先入为主，牵着读者鼻子走，加入太多个人因素。读者能读到哪便到哪，绝不强求。第二十五回分上下两阕，泼灯油为上半部分，打底用，属前奏；逢五鬼是其延续，为高潮部分，属递进。两者不可分割，前为贾环，后为赵姨娘，是作者单为他们母子立传的回目，意在凸显贾政这边儿的矛盾。

贾政的家庭并不复杂，一妻两妾，有王夫人和周、赵两位姨娘。王夫人生三个孩子，长子贾珠早逝，长女元春进了宫，身边只有一个心肝肉的宝玉。周姨娘无子，平日寡言，不多事，是个可有可无之人。

赵姨娘有两个孩子，探春和贾环，均在府内。非常简单，别看贾府号称多少多少人，真正的主子没几个。贾母随贾政度日，确切点儿说是贾政留在了贾母身边；贾赦另有黑油大门，即另立门户。

一

这里没王熙凤什么事儿，她的生活和赵姨娘并不搭界，各在各的屋檐下，至于赵姨娘为何要恨她，得慢慢讲。

王熙凤是贾赦那边儿的人，贾琏的夫人，贾赦的儿媳妇。只是她嫁的这个丈夫，除了言谈人情世路机变些，并没多大出息，捐了个官，也是空挂着，类似于现在满天飞的空衔。当然也可以等待机会谋个实缺或外放类，但我们看完前八十回，好像这样的事情并没发生。清代捐官成风，官多缺少，秦可卿死时，贾珍给贾蓉也捐了个官，只不过贾蓉为五品龙禁尉，贾琏五品同知，均没俸禄。在清代即便有俸禄也没几个钱。

贾琏当时还属于待业青年，和王熙凤一样只拿几个散碎月例过日子。到了第七十二回，王熙凤仍说："我和你姑爷一月的月钱，再连上四个丫头的月钱，通共一二十两银子，还不够三五天的使用呢。若不是我千凑万挪的，早不知道到什么破窑里去了。如今倒落了一个放账破落户的名儿。"

足可见他们一直属于啃老族，并没有单独进项。

闲着也是闲着，两口子遂借调到贾政这边，给叔叔家帮忙，家也随之迁了过来。这个家不可小觑，绝非我们现今通常意义上的家，不单单有贾琏两口子和巧姐，而是包括仆从、丫头、奶娘、嬷嬷、王熙凤的陪嫁丫头平儿、王熙凤的陪房旺儿一家等大批人马，蔚为壮观。贾政是个不理俗务之人，王夫人吃斋念佛图清净，权力全部下放，由贾琏、王熙凤夫妻操控。王熙凤在内，贾琏在外，各得其所。大观园的筹建安插布置、原材料购买，整体开销、人员调配，以及平日涉外事物，田亩地租类，均由贾琏负责；内帷的工资发放、银钱支出、人事调动，以及各房的吃、喝、拉、撒、睡等鸡毛蒜皮的小事儿，以至对外的人情来往，皆凤姐之事。贾政这边儿的财政和人事权皆归他们两口子调配把持。

当然得汇报，凤姐几乎天天汇报，天擦黑儿，便到王夫人房里事无巨细地说上两句，这是功课。去宁府，也得言语一声。贾琏也是，会常常请示贾政，贾政也会唤他去。书里多次渲染，尤其修大观园回，作者特意书上几笔，以醒读者目。但贾政、王夫人平日并不大过问，所以贾芹、贾芸他们想谋个差事，得先找贾琏、凤姐两口子。另外凤姐是个权力欲极强的女人，不该插手之事也管。大观园种树，管理小道士、小沙弥的事情均染指，贾琏那时尚爱她，也就依着她。

凤姐夫妇在贾政这边权力越来越大，根基越扎越深，办事之人可以绕过贾政和王夫人，他们也可以背地里做些手脚。比如鲍二家的死时，贾琏赔的二百两银子，让林之孝入了陈年的流水，即公账。二百两不是个小数目，乃王夫人近一年的月例，刘姥姥家十年的生活费，相当于现在的十多万元钱。他的风流债，入了叔叔家的账，就这么简单，熟门熟路，绝非一次，惯常而已。王熙凤放高利贷，收受贿赂，做些扯篷拉纤的事儿，也很有手段。她胆子大，又不信邪，鬼神不惧，越发恣意。

所以，赵姨娘才有那么一句话："了不得，了不得！提起这个主儿，这一分家私要不都叫她搬送到娘家去，我也不是个人。"这句话，并非空穴来风，也不可全作嫉妒之想。凤姐狭隘，唯娘家是尊，一天王家、王家的不离口，很有卖弄之嫌。最后，恰恰是她的娘家卖了巧姐，此人看似聪明，实蠢笨。另外，贪并非来自贫，而是越有越贪，一个止境问题。

王熙凤的身份是双重的。既是王夫人的内侄姑娘，哥哥家的孩子；也是王夫人夫家的侄媳妇，两边都属至亲。王夫人既是凤姐的亲姑妈，也是夫家婶娘。故王夫人特别信赖她，属一条线上的。这也是她能坐稳当家交椅的主要原因，办事能力和手段尚在其次。所以第二十五回，回目的上半句是：魇魔法姊弟逢五鬼。这里的姊弟，指王熙凤和宝玉，从王夫人娘家那头算起，而非贾政这边儿。若从贾政这边儿论，凤姐应该是宝玉的堂嫂，而非姐姐，这便是基调。

日月渐深后，王熙凤成了贾政这边儿重要的一份子，贾政夫妇相当依赖他们。王熙凤又是个说一不二、杀伐果断之人，有须眉气，能干。她一病，王夫人就开始抓瞎，总问凤哥好了没有，不得已才选出探春、李纨、宝钗打理事物。贾府是个大工厂，几百号人，人际关系相当复杂，各有来路，互相牵扯。故探春走马上任时，困难重重，书里出现了"欺幼主刁奴蓄险心"的字样，这个幼主便是探春。

在大家庭里，妻妾矛盾属内帷常事，家家不可避免。王夫人和赵姨娘早有抵牾，只没明显发作。赵姨娘不忿宝玉，觉得宝玉受宠，一直压贾环一头。这种落差让赵姨娘心生怨恨，贾环亦有如坠冰窟之感。

王夫人是个出了名的大善人，又是个大家闺秀，犯不着降低身份和赵姨娘纠缠，打压赵姨娘的任务，自然落到凤姐头上。按常理，王熙凤是晚辈，和宝玉平级，赵姨娘多少是个长辈。宝玉见到赵姨娘还是客客气气的，贾府三艳[1]也是，均要站起来。王熙凤表现得却很露骨，正眼都不瞧上一眼，该说说，该笑笑。不高兴还站在园门洞或窗根底下指桑骂槐一番，赵姨娘得干听着，并不敢言语。但心里越恨，把对王夫人的不满也一股脑地转嫁到了王熙凤头上。

说白了，王熙凤无非是王夫人的枪手，风头浪尖的人物。不仅帮她处理杂事，还帮她平衡感情战场，可谓一箭双雕。王夫人却好人坐定。我们看到王夫人破口大骂赵姨娘只一次。逢五鬼回，贾环算计宝玉，想用辣辣的灯油烫瞎宝玉的眼睛。那一年宝玉也就十三岁，癞头和尚有言："青埂峰一别，展眼已过十三载矣！"即宝玉降临人世十三年了。贾环是弟，比宝玉至少要小两岁，贾环还有个亲姐姐探春，夹在宝玉和他中间。探春比宝玉小，贾环至少比自己的姐姐小一岁，那年他最多也就十一岁。然而恨已养成多年，一心想把宝玉弄瞎。这样的心态足够恶劣，也足够扭曲，属内心常年不见阳光所致。

事情起因很简单。贾环嫉妒宝玉和王夫人的丫头彩霞调闹，手边将将有盏热灯油，宝玉又将将躺在桌边，这是一次绝好的机会。看似一次，背后却隐藏着无数次，文里说贾环素日憎恨宝玉，虽不敢明言，却每每暗中算计。由此带出以往情景。王夫人也骂："养出这样黑心不知道理的下流种子来，也不管管！几番几次我都不理论，每每不理论你们，越发上来了。"甲戌侧批："补出素日来。"可见这样的事情并非孤立，作者只是择其紧要代表性述上一述。

所以第二十五回，特意为他们母子画像，一老一小齐上阵，揭开贾府平静生活下隐藏的惊涛骇浪。

一直相信《红楼梦》是本自传体小说，脂砚斋的批语也多次透露，

---

[1] 贾府三艳即贾迎春、贾探春、贾惜春。

宝玉即曹雪芹的化身，孩童时期缩影。作者生命里肯定有过这么个姨娘和弟弟，绝非完全虚构，且深受其害。若干年后平静下来，依旧难以释怀，书其他人尚留几分余温。写薛蟠霸，尚有几分热；写贾珍滥，却有几分真。但是到了赵姨娘这儿怎么都过不去，厌恶之情不觉溢于笔端。贾环，贾坏也！但不是完全不顾客观。凤姐做寿回，也借尤氏之口说赵、周两位姨娘是两个苦瓠子。苦，对甜，不容易之意。但人是复杂的，以赵姨娘和贾环的个性，在探春身上也能看出，都有不服输的一面，有机会便要冒一冒。只是探春的作风和他们有天壤之别，不能相提并论。

踩下去的任务就落在了王熙凤头上，她替她的姑妈打压制裁他们。谁的月例银子都不减，偏减姨娘房里丫头的，还有林林总总的大事小情，所以赵姨娘对凤姐恨之入骨。剪掉王熙凤，无疑王夫人少了一只臂膀，王夫人自己不可能赤膊上阵。贾政常宿赵姨娘房中，对赵姨娘的感情要略厚于正妻，是赵姨娘在府里唯一的靠山。

没有王熙凤，赵姨娘的日子会好过些，至少不会太受气。王夫人不可能事事挑拣她，多少能扬眉吐气点儿，即夏婆子嘴里说的"立下威"。在一个大家族里，很多人都是墙头草，王熙凤一而再地踩，很多人也就跟着踩，连唱戏的芳官都说，"梅香拜把子都是奴几呢！"并且藕官、蕊官、葵官、豆官皆来"帮忙"踩上一脚。

这是贾政的府，赵姨娘再不着调，也是贾政的女人，大小还生了两个孩子。孩子都是正经的主子，她们也太没把赵姨娘放在眼里，这些都有赖凤姐。赵姨娘不恨她才怪，且凤姐还不是这府里的正经主子，这点平儿也说过，早晚得回去。

在赵姨娘眼里，凤姐这个外来户不仅占了权、占了钱，还在精神上替她姑妈欺压折磨他们母子。所以，赵姨娘想害她，不足为奇。逢五鬼属妻妾矛盾的衍生物，由王夫人那边儿转嫁过来，真正恨的还是王夫人。

二

再来看看宝玉与赵姨娘的关系。

宝玉是个自顾自的人，内心较单纯，除了那点儿鱼鸟之思，和林黛玉缠绵外，别的并不太上心。即便亲姐姐当了皇妃，回家省亲，全府欢天喜地的，独他置若罔闻。他善，没利禄之心，也无争夺之念，看似偎红倚翠的，却很出尘。贾环对他使坏，以他的聪明，不可能不知道。只是不计较、不责怪，有悌弟之情；对赵姨娘也相当客气，保持着礼仪上的尊重。与探春较厚密，常在一起吟诗作赋，心里却明镜似的。故第二十八回对黛玉说："我又没个亲兄弟、亲姊妹，即便有两个，你难道不知道和我是隔母的，我也和你似的独出，只怕和你的心是一样。"可见与贾环、探春怎么都亲不起来，但也只是心灵疏远，并无害人之想。对他来说有吃有喝，有心意相通的人就行了，远大之事尚可不虑，也可回避忽略不计。

但人家不这样想，老太太的宠爱，大家的跟风，本就扎心刺目。何况躲在冰窟之人，总想出来晒下太阳。这样的状态，导致仇恨滋生，且愈演愈烈。宝玉的优越性是有目共睹的，连丫鬟秋纹、芳官都不可一世。秋纹冬夜管婆子要水，芳官用糕掷雀，都可窥一斑。作者毫不隐晦，一一写来，很客观。贾府敢对宝玉不好的只有一个人，那就是贾政。贾政是亲爹，望子成龙心切，可以理解。但绝不会幼稚到因为宝玉抓周抓到脂粉钗环，就开始厌恶他，拘定他的一生。宝玉不爱读书，贾环又何尝爱读？还不是抽空儿逃课。所以这是个笑话，但论起读书，宝玉是极有天分的，只是不喜欢八股科举类。不科举，对一个家族就无希望，贾政的不喜欢有恨铁不成钢的成分，当然也有赵姨娘的挑唆，后者才是主要原因。

第十九回，宝玉脸上蹭了点儿胭脂，黛玉就说："你又干这些事了。干也罢了，必定还要带出幌子来。便是舅舅看不见，别人看见了，又当奇事新鲜话儿去学舌讨好儿，吹到舅舅耳朵里，又该大家不干净惹气。"庚辰双行夹批："补前文之未到，伏后文之线脉。"即为此类事情，贾政没少教训宝玉，也伏下后文挨打事件。吹到舅舅耳朵里，一个"吹"字，便知道是谁的作为，枕边风而已。第五十二回，赵姨娘顺路去看黛玉，恰巧宝玉也在。林黛玉一边说难得姨娘想着，怪冷的，亲自走来，一面使眼色给宝玉，让他快走，免得赵姨娘做文章。可见赵姨娘上签子，众所周知，不是一次两次，而是常事。

七十三回开篇，赵姨娘服侍贾政安寝。她房里的小鹊深更半夜跑到怡红院对宝玉说："我来告诉你一个信儿，方才我们奶奶这般如此在老爷前说了。你仔细明儿老爷问你话。"这是通风报信，那边刚落音的话，这边儿便知道了。所以她叫小鹊，唧唧喳喳，没秘密；又是反义词，非喜讯。害得宝玉又是夜读，又是装病。宝玉这样小的孩子，不会有啥大错，尚属宅男，想诋毁他，没啥大名目。手段无非不爱读书，内帏厮混。这也不是什么秘密，贾府共知，确有其事。但说多了，就走了样，贾政深以为信，要不金钏死那回，贾政不会下死手打宝玉。挨打的原因不是为了不读书，而是为了情，男男之情、男女之情。就像现今整人，找不出别的毛病，总可以制造点儿作风问题。

宝玉的生活，看起来风和日丽，花团锦簇，活龙一般（赵姨娘原话），却暗藏危机。到了第二十五回，作者告诉你，有人想害他，一个要烫瞎他的眼睛，一个想要他的小命，形势非常严峻。红楼是部巨著，涉及面广，不可能围绕一件事情纠缠不休。但能在八十回里，挑出一回，单独处理这个问题，已足够重视，也见兄弟间、妻妾间的矛盾已趋白热化。虽然宝玉没动作，但该发生的事儿还是要发生，此乃好人与坏人的区别。

谁都知道这个府，若没宝玉，便是贾环的天下。贾兰尚小，且是晚辈。所以，赵姨娘对马道婆说："你若果真法子灵验，把他两个绝了，明日这家私不怕不是我环儿的，那时你要什么不得。"这里说的是钱，还有一个潜在的爵位问题，那便是权，权钱相连。宝玉的存在，本身就是一个障碍，赵姨娘得想办法挪开这块儿绊脚石。

宝玉遭梦魇，不醒人世时，赵姨娘不该没眼色，深浅不知，说道："老太太也不必过于悲痛。哥儿已是不中用了，不如把哥儿的衣服穿好，让他早些回去，也免些苦；只管舍不得他，这口气不断，他在那世里也受罪不安生。"这等于火上浇油，同时也暴露了自己内心的急切。

贾母骂道："烂了舌头的混帐老婆，谁叫你来多嘴多舌的！你怎么知道他在那世里受罪不安生？怎么见得不中用了？你愿他死了，有什么好处？你别做梦！他死了，我只和你们要命。素日都不是你们调唆着逼他写字念书，把胆子唬破了，见了他老子像个避猫鼠儿？都不是你们这起淫妇调唆的！这会子逼死了，你们遂了心，我饶那一个！"这是在骂赵姨娘，里面有"调唆"二字，赵姨娘背地里做的事儿，贾母都知道。还有"你们"二字，也捎带上王夫人，知道是两厢争斗的结果，宝玉不过是个牺牲品。里面并没贾政的事儿，贾母护子，对自己的儿子并无责怪之意。

三

再回头看赵姨娘这个人。赵姨娘是个妾，妾可以买也可以娶，尤二姐就是娶来的。还有个渠道便是丫鬟晋级，赵姨娘属后者。丫鬟晋级不是件简单事儿，袭人那么兢兢业业，也只是个隐姨娘，还没过明路，尚瞒着贾政和贾母。外面的账房也不知道，属王夫人个人手脚，离真正的姨娘还遥遥无期。平儿也只是平姑娘，属通房大丫头，最终能不能成妾还是个谜。赵姨娘能一步步走过来是不简单的，由丫鬟变妾，如果太不堪，是不可能的，得一路披荆斩棘。

像五儿想进怡红都大费周折，即便进来了，想靠近宝玉又是一层困难，尚有那些伶牙俐爪的大丫头挡着。大丫头之间亦互相倾轧，袭人、晴雯便是。所以，一个丫鬟要突破层层重围才能晋升为姨娘，还得主子喜欢，这是最重要的一点。赵姨娘就是这样一路走过来的，当然也有贾赦那样，把秋桐直接赏给贾琏，属赠予。

赵姨娘是家生子，探春当家回，多次点明。家生子，父母本身即贾府旧仆，鸳鸯、司琪、小红、五儿皆是，奴才生下的孩子依旧是贾府的奴才。奴才，买断之意，没有人身自由，只能在府中听命，除非被主子卖掉或赎走。奴才生的女儿只能配给府里的小厮，再生奴才。最好的结果便是主子开恩放出去，另择夫婿，获得人身自由。成妾的凤毛麟角，得足够优秀，有造化，有机遇，还得自身努力。所以，赵姨娘能成为贾政的妾，不可能太丑或性格太恶劣。赵姨娘之所以现在这样，是心灵变态，长期压抑所致。有王夫人和王熙凤的功劳，也是当时婚姻制度的产物。第七十四回，邢夫人有句话，"从前看来你两个的娘，你娘比如今赵姨娘强十倍"，这是她对迎春说的，这里就有"如今"二字。

妻妾之争是内帷最大的矛盾，牵扯颇多，绝非单纯的得宠问题。更多涉及利益分配问题，包括下一代的财产和权力分配。得宠只是其中的一个砝码，且母凭子贵，笑到最后的还不知道是谁！

再说马道婆。道婆是指僧庙寺院的女执事，奔走于各府之间，收点儿香火钱。马道婆是宝玉的寄名干妈。寄名，古代人家为求孩子长命，认他人为义父母的一种行为，或拜僧尼为师，但不出家。寄名有一定的仪式，通常都是焚香祷祝之类的。寄名时，出家人要给孩子一些东西，比如僧衣、道衣、寄名符、寄名锁等。宝玉初会黛玉时，我们看到他戴的寄名锁、寄名符，便是马道婆所赠之物，亦为此回做铺垫。

寄名干妈，只是名义上的干妈，并没实质情感。马道婆对宝玉下手，不足为奇，她也不见得就宝玉一个干儿子。马道婆是贾府的常客，入贾府像走大马路，与各房皆熟。一进府便看见宝玉脸上的伤，还持诵了番。现在看来，皆是骗人行径。马道婆心里明白，事出有因，业务来了，老的最疼小的，先骗了贾母一笔。说得滴水不漏，进退自如，打了很多比方，这个诰命那个王妃的。马道婆也绝非普通道婆，她所在的寺庙也非普通寺庙，王侯诰命常顾之所，可见她的级别。

这节情节较紧凑，看似风平浪静，却把马道婆的路数抖落得一干二净，一个个人物往里钻。马道婆离开贾母那儿，到各房转了一圈儿。一是为了发展业务；二是打探宝玉脸上的伤。然后，才转入赵姨娘房中，查看动静，伺机诱蛇出洞。两人三言两语，果真一拍即合，一个有贼心，一个想要钱，配合得严丝合套。赵姨娘并没什么钱，一个月就二两银子，月例和贾母的大丫头一样多。为了除掉宝玉、凤姐，她孤注一掷，除金银首饰，外带写了一张五百两的欠契，可谓倾家荡产，下了血本。马道婆也利索，当即从腰里掏摸出十几个青面獠牙纸铰的鬼祟和两个纸人来，即作案工具。看样子是常备之物，不然不可能随身携带。出入豪门，驱灾是假，害人是真，为钱啥事都能干，和嘴里的阿弥托佛没啥关系。此乃高门大户常有之事，她只是伺机而动。所以，善恶相连，恶往往披着善的外衣。

暂不说此事的科学性，只说按书里写的，若没那块儿通灵宝玉、和尚道士的及时出现，宝玉和凤姐的小命也就真没了。至于现实中有没有此事，都在其次。作者旨在表明矛盾，揭露用心，捎带毁僧谤道。

有朋友说不喜欢《红楼梦》，认为《红楼梦》误人，不如某某著作好。还有的说不关心里面的人际，认为这是本相书。其实都属浅阅读。一本书能被这么多人真心喜欢实属不易，也非因其残，才感兴趣，而是它的合理性、周全性、艺术性、深度性。看似平淡，吃、喝、拉、撒、睡的背后，却暗含波涛，是经得起琢磨、推敲的一部书。白开水一眼见底的文字谁都不爱，看的书越多，越知道它的好。《红楼梦》反映的是个整体，封建社会的楼盘，不单为某人而设。若只看到几个美人、几句诗词，或那点儿爱情故事，没窥见幕后情形，不知道人物的性格言语行为的由来，尚属盲人。又怎会理解一些事物的发生发展，定位他们的作风与品格！你的经历绝非他的，你的父母也不是他的。《红楼梦》千丝万缕，每个人物都不是孤单的风筝。

人际是一部作品的命脉，家庭社会的呈现形式，谁都躲不开。尤其恢弘巨著，人际是背景。否则人物便是水草，摇曳在水面，好看罢了，尚属无根之书，无根阅读。第二十五回，遭梦魇逢五鬼说的便是矛盾、争夺、人心的险恶。《红楼梦》不可能永远是大观园里的花光柳影，那只是美好精神世界里的一部分，现实多半是丑陋的。所以黛玉要葬花，要干净；宝玉要焚书，要反对科举。因为外面的世界更不堪，更多的遭梦魇逢五鬼。

赵姨娘害凤姐是因为恨，绝宝玉是为了得到继承权，就这么简单。行为的背后是目的，书写的背后是揭示，揭示现象成因，引发思考，而不是为现象而现象。

艺术，软化了生活，真正的现实更不堪、更残忍，大多被时间遮蔽或冲淡。能被揭示出来的，极其有限。这点，一定得知道。

红楼豪奴

说下赖嬷嬷。前几日读贴，有人称赖嬷嬷为陪房出身，且这种观点的呼声很高，故在此啰嗦下。

对于家庭这个社会细胞，贾府足够大，算艘航母。具体多少人，不得而知。第五十二回，坠儿偷镯回，麝月在与坠儿娘的对话中涉及贾府人数，说："家里上千的人，你也跑来，我也跑来，我们认人问姓，还认不清呢！"如果此话坐实，千把人是有的，当然不知包不包括宁府。另第五回，梦游幻境回，宝玉对警幻说："人说金陵极大，怎么只十二个女子？如今单我家里，上上下下，就有几百女孩子呢。"这几百女孩是指整族的，还是单宁荣两府的，也未明言，但人多是实。

贾府就是这样一个人口众多、事务繁杂、日夜运转的大机器，由主子、奴才两部分组成。主子寥寥，就那么几个，掰着指头数都数得过来。拿荣府讲，贾母居首，膝下两子。贾赦那边儿只有贾赦、邢夫人、贾琏、王熙凤、迎春、贾琮、巧姐，以及一些半主半仆的姨娘们；贾政这边也就是贾政、王夫人、李纨、宝玉、探春、贾环、贾兰，以及周、赵两位姨娘。出了嫁的元春不算，黛玉、宝钗更不算，连宁府一并也就那么几十个主子，余下皆为奴才。

奴才位尊者当属赖嬷嬷，她处于奴才里的金字塔尖儿上，两个儿子赖大、赖二分管宁、荣两府，任大总管之职。所以不可小觑这个人物，虽告老，是个老奴。但体面程度，富裕程度比许多年轻主子更甚，堪称豪奴。

豪到什么程度？我们看下：

第一，赖嬷嬷有单独的寓所。她置了产业，并且不小，赖府楼台亭榭，林泉木石，无一不有，亦有惊骇之笔。尽管她自谦为"我们破园子"，但治理得井井有条。一片荷叶、一根烂草皆有用，均不曾浪费。

探春去后感触诸多，回来效仿治理大观园。这与那些依旧住在贾府的奴仆相比，堪称天壤之别。宝玉过生回，贾母、邢夫人、王夫人均不在家。宝玉清晨整肃衣冠而出，先至宁府尤氏处，再回荣府薛姨妈那里，然后从李氏起，长的房中一一拜过。复出二门，到四个乳母李、赵、张、王家让了一回，方进来，即全程结束。这是一个排序，亦是尊卑表。

薛姨妈是客兼长辈，故拜。奴才里只有四大乳母，其他皆无。分属奶过宝玉的李嬷嬷，贾琏的赵嬷嬷，迎春的王嬷嬷，至于张嬷嬷是探春的还是贾环的不做深究。这四人代表着贾府最体面尊贵的奴才，至今仍住在贾府二门外，与古董级的赖嬷嬷相去甚远，不能同日而语。这里没提一个陪房，像邢夫人的陪房王善保家的和自己母亲的陪房周瑞家的，均不在列，可见乳母地位之高。退一步说，即便陪房不在，跟着女主人出门了，乳母的地位也是不可抹杀的。也有人说，这四个乳母都是宝玉的，极有可能，这里暂不探讨。

第二，赖府奴仆成群。赖府三十年前便如此，孙子赖尚荣从小就丫头、婆子、奶娘捧凤凰似的长大，花的银子可打出个银人来。溺爱程度不亚于宝玉，比贾环更甚！更别提贾芸、贾芹之流，以赖嬷嬷自己的话说，正根正苗的忍饥挨饿的要多少？晴雯是她家买来送给贾母用的。赖嬷嬷自己也是由下人抬着，小丫头伺候着，闲了坐轿进来和贾母斗牌闲话，没人敢委屈她。这是凤姐说的。去凤姐那儿，凤姐得起身相迎；至贾母处，凤姐得站着，赖嬷嬷则坐在小杌子上。这是规矩，亦贾府风俗，年高服侍过父母的家人，比年轻的主子还体面。

第三，赖府后代跻身宦海。赖嬷嬷至赖大辈，尚属奴才，赖大仍在贾府听差，但大权在握。修建大观园这样的大事肥差，由他和主子一并调停，且有话语权。贾蔷去苏州采办戏子乐器行头，便说："赖爷爷说不用从京里带去，江南甄家还收着我们五万银子。明日写一封书信会票我们带去，先支三万，下剩二万存着，等置办花烛彩灯并各色用。"可见其权力。

到了赖尚荣，承蒙贾府恩典刚出生便放了出去。意味着就此脱去奴才外衣，可以像公子哥那样读书写字、呼奴唤婢，在自己的小天地里过主子般的生活。估计读书不成，功名未取。二十岁在贾府的帮衬下捐了一个前程，即买了一个官，这和贾琏、贾蓉相类。乐呵了十年，又求了主子选了出来，当了一名州县官，乃实差。比那些挂着虚名的京官强得多，这在曾国藩的家书里，可窥一二。当然，赖尚荣这三次命运的转折全赖贾府，故曹雪芹赐其姓赖，依赖之意。从一落娘胎的自由到跑官，要官得官，诸顺，所以赖嬷嬷一口一个恩典，高兴得倾了家也愿意。赖府请客和凤姐做寿几乎同步进行，均在四十五回左右。那时元春在宫里的日子尚还好过，还能为家中出力。凤姐做寿回，脂砚斋批："盛宴难继。"意指以后不管贾府还是赖家，都将下坡，这是必然。

那赖嬷嬷家为何能豪华至此呢？我们先看下她的辈分。她和贾母年龄相仿，贾蔷管赖大叫赖爷爷，即她的儿子赖大和贾政、贾赦、贾敬同辈。赖嬷嬷和贾母一辈。上面说贾府的规矩是伺候过长辈的奴仆比年轻主子还体面，但不是所有伺候过的都如此，这里多指乳母。为何？因为功高。

在贾府，奴才得势的就两种人：一是乳母；二是陪房。陪房是指女主人从娘家带来的，属心腹，像平儿、旺儿家的、王善保家的、周瑞家的皆是。主荣己荣，要看自家姑娘在府中的地位决定自身荣辱。乳母指男主人幼时给其哺乳，并一直陪其长大的女性家人，如宝玉的乳母李嬷嬷，贾琏的乳母赵嬷嬷等。

哥儿的乳母和姐儿的乳母又不同。姐儿是要嫁人的，乳母地位也会随之变化。看书的人不可瞎比，当事人像迎春乳母王嬷嬷的儿媳妇王柱媳妇也要懂得这些，不能胡攀，这里还有个可比性问题。哥儿与哥儿之间乳母的地位也不尽相同，得看哥儿出息的程度，这是个细致漫长的过程。若仕途发达或承袭家业，乳母与其子孙均会沾光。哥儿一般也会善待乳母，膝前尽孝，养老送终。这里不仅有"功"，还有"情"在里面。

别看宝玉的乳母李嬷嬷倚老卖老，居功自傲，颠三倒四的，宝玉很烦。若以后宝玉飞黄腾达了，李嬷嬷的儿子李贵，宝玉现在的大跟班，也会随之水涨船高，而非茗烟。当然还存在一些具体环节和其他因素，不做细论。大家庭，主子并不多，乌压压的全是奴才。这点，从王熙凤协理荣国府点名中可知，另外也不好管理。陪房和乳母分别代表娘家和婆家两股势力，互相制衡，这艘大船，方能平稳前行。

那赖嬷嬷到底属于哪条线的呢？

有人定义她是贾母的陪房，实谬！要知道，封建社会是个男权社会，这里终归是贾府，一个外来户，想扎下根，仗着自家姑娘的体面，达到如此显耀地步，实难。乳母、陪房有着本质的区别，陪房仗势，乳母居功，两者不同。周瑞家的再得势，可以到处巡演，展示自身体面，各房也尊重她。女婿冷子兴犯法也可不当回事，轻描淡写，求求凤姐便完了。这些都赖王夫人的面子，属其连带，离了王夫人她啥也不是。来旺家的霸成亲，也是王熙凤的面子。贾琏顾忌凤姐，没大管，若果不同意，这事儿断难做成。封建社会自有它运行的一套规矩，娘家势利再大，也大不过夫家势利，这便是事实。

王夫人看好袭人，想提拔她当姨娘，得暗着，先瞒着贾政，好有个进退。生米得慢慢做成熟饭，贾政一反对就铁定完了。贾母尊贵，是因为她有儿子，母凭子贵，贾代善仙逝早，她便成了金字塔顶尖的人物。三十年前，赖尚荣出生时，贾代善并不见得不在。不仅奶过的哥对乳母有情，整个家族也感念其恩，这点陪房比不得。赖嬷嬷是乳母出身还是陪房出身不言而喻，尽管没有铁证支撑，但相信只有乳母才会如此尊贵，这是肯定的。

贾府分内外两部分，不同我们现今小家。里头指内帷，女眷活动场所。别看王熙凤赫赫扬扬的，操心的也只是里面那点儿家务事儿，外面的根本无法染指。比如修建大观园，整府的运作都与她无关，插都插不上手。她的财务报表只局限在一小部分，即便帮净虚老尼办事儿，也是假借贾琏名义。大观园栽花、种树这样的小事儿，也不归她管。只是那时，贾琏对其尚有情，她可以辖制贾琏，把贾琏原想给贾芸管理的小沙弥、小道士的差事给了贾芹。说好歹依了她这回，若老爷问起，如何如何。可见贾芹背后做了手脚，买活了凤姐，凤姐才肯替他说话。到了种树，贾琏内心已定，贾芸自己没成算，反过来求凤姐。她收了芸儿的贿赂，听了奉承，也就顺水推舟。要知道这是贾政的家，贾政不理俗物，才让他们两口子过来帮忙。凤姐的手有时能伸得很长，但得通过贾琏。

曹雪芹着墨点多放在内帷，有些朋友不细读，喜欢想当然，故混为一谈。觉得王熙凤无所不能，这是个误区。曹侯一笔都不曾错，在《红楼梦》里多次从尤氏和下人口中，听到爷在外头如何如何。封建社会男主外，女主内，内外的连接点还是爷，女人是出不去的。陪房只能在内帷活跃，还得自家姑娘得势，不能真正怎样。

那赖嬷嬷是谁的乳母？应该是贾政的，没有别人。

先看段话。第四十五回，赖嬷嬷的正传，包括感恩、请客、说宝玉、替周瑞儿子求情四个环节。赖嬷嬷对宝玉说："不怕你嫌我，如今老爷不过这么管你一管，老太太护在头里。当日老爷小时挨你爷爷的打，谁没看见的。老爷小时，何曾像你这么天不怕地不怕的了。还有那大老爷，虽然淘气，也没像你这扎窝子的样儿，也是天天打。还有东府里你珍哥儿的爷爷，那才是火上浇油的性子，说声恼了，什么儿子，竟是审贼！"

这段话透露两个信息：一是她敢说宝玉。整个贾府谁说宝玉，贾母、王夫人都不说，底下各路人马无不是看着贾母眼色行事。宝玉挨打，一拨一拨地往怡红院跑，溜须拍马还来不及！为什么她敢说，因为她是贾政的乳母，有护子之心，认同贾政的做法，这和赵嬷嬷维护贾琏如出一辙。再者她对贾府过去了如指掌，对贾政、贾赦，甚至宁府贾敬小时候的情形无所不知。不是乳母，焉能如此。

那为何不是贾赦的乳母而是贾政的乳母呢？也有两点：一是贾母不待见贾赦，他的乳母也就相对弱些；二是贾母是和贾政过日子的，正门正院正厅均在这边儿，赖大也在这边儿当差。贾赦单过，另有院落。至于为何如此，或有什么具体隐情，是不是亲生之类的，就不妄测。赖嬷嬷称贾政为老爷，异常亲切，视其为自己人，而不是二老爷；而管贾赦叫大老爷，带个大字，以作区别。这是对外人的称呼，就像现今喊三叔、四叔样。要知道，曹侯写红楼的立足点始终放在贾政这边。也许有人会问，会不会是贾代善，贾母丈夫的乳母？应该不是，年龄上不对榫。

再看一段话，赖嬷嬷帮周瑞家求情时说的。她说："奶奶听我说：'他有不是，打他骂他，使他改过，撵了去断乎使不得。他又比不得是咱们家的家生子儿，他现是太太的陪房。奶奶只顾撵了他，太太脸上不好看。依我说，奶奶教导他几板子，以戒下次，仍旧留着才是。不看他娘，也看太太。'"

这里反映一个问题，周瑞家的再体面，她的儿子一旦骄横，一样开撵。周瑞家儿子为何骄横，无非仗势。当然，贾母也下令驱逐过迎春的乳母，这里还有个为人处世的问题。注意一点，里面有一句："他又比不得是咱们家的家生子儿"，仔细琢磨这句话，言下之意是不是把自己括进家生之列？另外还有句话，她说："你哪里知道那奴才两字是怎么写的！只知道享福，也不知道你爷爷和你老子受的那苦恼，熬了两三辈子，好容易挣出你这么个东西来。"这在凤姐那，说自己教育孙子。不难理解，她的丈夫也曾为贾府鞍前马后地立过功劳。

至于宁府的大总管赖二是不是她的儿子，书中没有明言，一般作认同处理。赖二、赖升、来升应是一个人，意在赖着贾府高升。若赖二也是赖嬷嬷的儿子，赖嬷嬷不仅凭乳母身份尊贵，夫家也应是府中老奴，根基深厚。

不难看出，赖府便是缩小版贾府，亦曹府影子。他们均系乳母出身，靠主子一步步富贵起来，属双重身份，既是奴才，又是主子。只是所伺候的主子不同，一个是贾府，一个是皇家，均系豪奴。这是曹侯的连环写法，环环相扣，层层影射。曹家本是包衣，曹母曾是康熙皇帝的乳母，赖府身上或多或少都有他们的影子。贾府、曹府在皇家面前也是这样既体面又谨小慎微的。

赖家能走到这步绝非偶然，不光凭着厚密的关系，还与其为人行事有关。赖嬷嬷嘴巴乖，知道感恩，平日多承奉，晴雯是她送给贾母的。她的媳妇也不错，会来事儿，看贾母喜欢宝琴，立马单送宝琴两盆腊梅、两盆水仙，既讨好了贾母，又讨好了王夫人。不像伺候宝玉的李嬷嬷只知道唠叨、占小便宜，贾琏的乳母赵嬷嬷又过于老实木讷，迎春的乳母就更别谈了，赌徒一个，谁也不能与赖嬷嬷相比。

至于赖尚荣，典型的忘恩负义，不用看后四十回，便知他在贾府落没时的作为。这是必然，也是事物发展的规律，他不会记得自己祖上如何煎熬，换来前程。也不会记得主子对自己曾有的恩典和关照。他有他的起点，前面的皆可忽略，谁也不愿承恩。赖嬷嬷还算明白，话里话外透着担忧，怕他仗势欺人，弄出乱子。凤姐的话亦露端倪，说好几年没见他人了，年下只见名字，暗示后续关系慢慢疏淡。也映射曹家和皇家关系的慢慢疏离。

红楼一个故事套一个故事，水满则溢、月满则亏是不变的主题。曹雪芹于从容书写中，冷静客观不断反思。从乳母起家到儿孙败家，是个起点到终点的变化过程，也是从低到高再到低的抛物线运动。

红楼男风

夜半有雨，缠绵枕上，滴滴答答，恍若置身幽海深潭，时空隔断。

红楼在侧，无事翻翻，聊以催眠。早起读高阳小说，方知清代为何男风盛行，有兔子一说，这正和《红楼梦》第七十五回相契。贾敬死后，贾珍居丧，不便外出游荡，在家以骑射为名，设局开赌。邢夫人胞弟邢德全与薛蟠抢新快，输后心绪烦乱，嗔两个娈童只赶赢家不理输家。骂道："你们这起兔子，就是这样专洑上水，天天在一处，谁的恩你们不沾，只不过我这一会子输了几两银子，你们就三六九等了。难道从此以后再没有求着我们的事了！"

这里便有兔子一词，起先看红楼并不曾会意。兔子娈童也。娈，美之意。娈童，美少年，亦称男妓。高阳说："清朝禁官吏宿娼，不禁狎优，因而梨园兴起，男色大行。文人笔下，称之为明僮，一般叫他们像姑"。意思是像个姑娘。有的像姑不爱听这两个字，于是用谐音称之相公。至于市井中人，就毫不客气地直呼兔子了。

可见兔子正是那时的流行口角，同时也佐证了红楼成书的时间和男风猖獗之实，但也不十分精准。男风自古有之，从黄帝始，至汉盛。汉武帝有男宠五人，汉哀帝和董贤有男男之恋，董贤白日睡其袖上，哀帝不忍推醒，割袖而起，故产生断袖一词。

那时很多皇帝对男宠亲如妇人，同起同卧，有甚者疏于后宫，荒芜朝政。到宋依然昌盛，明、清愈炽，宣德禁娼，致使男馆崛起，龙阳大行。从羽冠至布衣，上行下效，蔚然成风。禁娼令起于明代，延于清代，男色越发空前。袁枚、郑板桥亦有此癖。红楼成书于乾隆朝，书中故事涉及康、雍、乾三朝，那时男风正吹，也就难怪书中势头之旺。今境外某些博物馆，依旧藏有不少清代男色春宫图，有两人，亦有多人，多人图活画出喜儿说的贴一炉子烧饼。这也是当时性文化的一种佐证。

红楼里嗜男风者甚多，遍布上中下。从忠顺王、北静王王爷级，至贾珍、贾琏官宦级，再至宝玉、薛蟠纨绔级，一直到喜儿、隆儿奴仆级，大有横扫之势。

曾有外国留学生问张爱玲，贾宝玉是不是同性恋？这个问题不用思考，很好回答，是的。但古之同性恋和今之同性恋有别，不在一个概念里，也没太大的心理障碍，男色、女色并不犯冲。人是环境的产物，《红楼梦》是大环境的缩影，宝玉生活其中，难免有染。什么是环境？环境是一口锅，锅下积薪，加热后，锅里的米没有几粒不熟的，除非石头。所以，《红楼梦》又叫《石头记》，一点儿都不屈。宝玉怪异，有些方面已足够标新，故自譬石头，只是男色这方面也难逃脱。

那时男风不被法律禁止，也鲜有道德谴责，得到社会的默认许可。有甚者以娼耻伶荣，狎优成为一种身份象征和时髦，形成了一种普遍的社会风气，是种性取向和常态。除有不务正业之嫌，没什么大惊小怪的。就像今之人看女子缠足、一夫多妻，恐觉不可思议，但那时价值观本如此，为再正常不过之事。所以看红楼，不能站在今人角度，需贴近当时之景理解。曹雪芹书宝玉，男色是他生活的一部分，不可不写。这样，人物方能立体。今人阅读，思维不可僵化，若是以己之意，都刻画成正人君子，那就不是宝玉，不是大家子弟了。

宝玉为何进家学？就是因为恋着秦钟，想寻个由头长相往来，亲密接触。宝玉历来冷淡读书，何曾热心？如此这般，皆是醉翁之意不在酒，所以贾政呵斥他再休提读书二字。至于开外书房，读夜书更是唬人。秦钟死后，宝玉如何，可曾进学？

薛蟠为何入学，书中写得更明白，是动了龙阳之兴，到学里哄骗几个少年供其狎欢。薛蟠有钱，代儒受贿，也就半睁半闭，任其胡来。族中不少子弟因慕其钱财而上手，金荣、香怜、玉爱皆是呆大爷[1]的相好。金荣母亲有句话"那薛大爷一年不给不给，这二年也帮了咱们有七八十两银子。"脂砚斋批："因何无故给许多银子？金母亦当细思之。"明言无非变相出卖色相，并时日之久。

宝玉、秦钟亲密，秦钟大有女儿之态。宝玉也惯做小伏低，二人情景，自然逃不过众小儿的眼睛。闲言碎语不免布满学堂，又和香怜、玉爱八目勾连，续添碎诟。这些均非正常情愫，若是友谊不至于这样躲闪暧昧，属典型的男男之爱。金荣鬼精，抓住秦钟和香怜躲出去说体己话，便要抽个头贴烧饼，也就是占点儿便宜。两人不允，遂发生闹学堂一幕。

事情闹大，惊动诸人，以宝玉这方告胜终结。金荣学里的后台只不过是薛蟠。薛蟠寄居贾府，尚属依附之人。家里的靠山是他姑妈璜大奶奶，贾璜之妻。虽和荣、宁两府同族，已没落，是茗烟口里给琏二奶奶跪着借当头的主子。小儿无知，不谙人情世路深浅，才有这出。但足以说明男风已蔓至学中，殃及少儿，人伦根本，首先悖乱。宝玉那年只不过十二岁，大观园尚未修建。

后秦可卿去世，秦钟得趣馒头庵，和智能儿偷期缱绻，被宝玉当场按住，抓个正着。宝玉对秦钟道："你可还和我强？"秦钟笑道：

---

[1] 呆大爷指薛蟠。

"好人，你只别嚷的众人知道，你要怎样我都依你。"宝玉笑道："这会子也不用说，等一会睡下，再细细地算账。"在"好人"后面，脂砚斋批道："前以二字称智能，今又称玉兄，看官细思。" 宝玉和秦钟正经关系是叔侄，这个"好人"不是白叫的。如果说前面是神龙见首不见尾，小孩传言不实，大人遮掩有因，那么这里曹侯写得足够明白，不再暧昧。

秦钟死后，宝玉的另一相好登场，即琪官。琪官，真名蒋玉菡，一介优伶，京城名角儿。先是被忠顺王包养，在其膝下承欢。后来与北静王相交，获赠茜香罗腰带一条，和宝玉也一直厚密。宝玉挨打，一半因他。第二十八回，宝玉和他初会，题目叫蒋玉菡情赠茜香罗。无独有偶，第六十四回写贾琏和尤二姐初见，回目谓浪荡子情遗九龙珮。拟得如此相似，一望便知底里。里面均有一个"情"字，只不过是男女之情和男男之情。

在冯紫英家，宝玉初会琪官，见其妩媚温柔，心中十分留恋。便紧紧搭着他的手说："闲了往我们那里去。还有一句话借问，也是你们贵班中，有一个叫琪官的，他在那里？如今名驰天下，我独无缘一见。"后来玉哥和他过从甚密，以至满城皆知。忠顺王府长史官亲自上府要人，宝玉推脱。长史官就说了："现有据证，何必还赖？必定当着老大人说了出来，公子岂不吃亏？既云不知此人，那红汗巾子怎么到了公子腰里？"

想一想，红汗巾是北静王昨日所送，早起才上身，琪官便转赠宝玉。忠顺王并未见过，怎会知蒋玉菡有此巾？定是细察，来龙去脉了然于心，只是不好去找北静王，柿子挑软的捏，转头来寻玉哥要人。

琪官是忠顺王府的小旦，一直住在府里，后来和北静王有染，又偷着在城外紫檀堡购房置地，最后竟不见了。购房买地，原是背着忠顺王的，如此机密，宝玉却知，可见相厚并信任。为何跑？定是厌倦了被玩弄的生活，自己有了几个钱后，想过点儿踏实像样的日子。后来琪官咋样，书中没表，伏笔是和袭人结缡。总之，不管是学堂风波还是挨打事件，均男风之祸。

至于宝玉和北静王、柳湘莲，书中没有明言，也就不加妄断。柳湘莲不仅和宝玉相投，还和秦钟要好，秦钟在第十六回就没了，那时元妃还未省亲。第四十七回呆霸王调情遭苦打，冷郎君惧祸走他乡，柳湘莲正式出场。宝玉和湘莲说起秦钟，湘莲说最近还去修了坟，可见彼此关系之厚。柳湘莲得以认识秦钟，估计也是缘于宝玉引荐，书中把他们往日情景顺笔带出。

柳二郎赌博吃酒，眠花卧柳，吹笛弹筝，无所不为。即是无所不为，那么男风也就不在话下，但他并非优伶，人人尽可。薛蟠瞎眼，看错了人，犯了旧疾，湘莲怒从心起，本就想到外面逛个一年二载，索性把呆霸王痛打了一番。这一切也是男风所引起的。

妓女，在最早的字典里，指唱歌跳舞的女人，女，乐者。以声色取悦男人，并非现在完全靠出卖肉体换取报酬的民妓。古代妓女相对高档些，琴棋字画样样皆通者大有人在，那么优伶一行也是如此。从宝玉会琪官一节可知，来的不仅有蒋玉菡，还有一名叫云儿的女妓。云儿自然也是京城名妓，要不然到不了这样的场合。云儿既会唱曲，又能诌两句诗，比在学堂混的薛蟠强多了。除此之外，还有多名唱曲的小厮，在下伺候，可见男妓之盛，分去大半壁江山。这些人不会平白无故在此，均是冯紫英出钱请来的，如妓女出台子。

薛蟠把柳湘莲误做此类人，他显然不快，难免动火。柳郎虽穷，还是世家子弟，即便囊中羞涩，也不会做此勾当。至于与谁相厚，你情我愿，那得另说。

北静王水溶是一个温文尔雅、神仙一般的人物，初见宝玉就很喜欢。他和琪官肯定有同性之好，和宝玉不得而知，但他和宝玉一直有联系。宝玉私祭金钏回、凤姐过生，宝玉就拿他打马虎眼，说他的一个爱妃薨了，可见过从甚密。

很多人说宝玉好色，其实，在那个年代，只要有条件，男人几乎都好色，不好色的才属另类。男权社会，女人无权干涉，法律也不限制，可以为所欲为。爱情是一个新名词，那时不讲专一，喜欢看重是真。紫鹃就说过："公子王孙虽多，那一个不是三房五妾，今儿朝东，明儿朝西？要一个天仙来，也不过三夜五夕，也丢在脖子后头了，甚至于为妾为丫头反目成仇的。"这些都是实话，三妻四妾属常态，限制这些的只是宗法规矩。

男人女人在一起最大的意义就是生孩子，至于性行为和这并不矛盾，可以分开说，也就谈不上忠不忠诚。制度决定一个人的纯洁性，那时候的女人不会一天到晚嚷着还爱不爱我这样的话，吃醋吃得也不一样，大多往钱和子嗣上使劲儿。环境决定思维，思维决定一个人的行为。把现今之人放到那时，一样不堪，甚至比宝玉更色。另外男男之恋，对家庭和睦、传宗接代并不构成威胁，也就相对宽松些。

这些人里，宝玉多少算个真性情的人。同是好色，他和薛蟠、贾琏不同。即警幻说的淫虽一理，意则有别，也就是意淫。相对粗糙的皮肤之滥，一时之趣，还有个痴病，还有个体贴、真心和长性。薛蟠就不一样，一个字，"买"，不管男色、女色，拿钱就能买。贾琏是发泄，以宝玉的话讲，并不知作养脂粉，这是对女色，于男色更甚。

巧姐出痘，贾琏在外书房斋戒，书中写道："那个贾琏，只离了凤姐便要寻事，独寝了两夜，便十分难熬，便暂将小厮内有清俊的选来出火。"贾琏性欲强，没有凤姐，小厮亦可，同性泄欲，也是一乐。新版红楼电视剧拍出后，很多人质疑，明明是龙阳之兴，为何镜头拍成了拔火罐。这个出火哪是那个出火。贾琏属极健康年盛之人，肩不疼，腰不酸，拔罐何用！

也可见贾琏的龙阳之好，无非泄欲，并没感情基调。

男风实是一种性游戏，先是贵族，后蔓延至市井。造成这种现象的原因很多，前面说的明、清禁娼是大环境，起催生作用。落实到具体原因，有百无聊赖、追求刺激的，像薛蟠；有对女人厌倦的，像冯渊；有想泄欲，但受环境制约的，像仆人喜儿、隆儿；也有赶时髦表身份的，如达官宴请，伶人作陪，贾珍的赌局、冯紫英的家宴等，都属此例。林林总总不一而述，但总体都是心灵枯竭、奢靡堕落所致。

男风的对象，主要是伶人，他们或在胡同街巷开班设点，或由官宦人家豢养，像妓女样供人消遣。再就是被抄没的罪臣家人和奴仆，成为他人玩物，所以贾府抄没后，凄惨无比。也有自家从小豢养的娈童和奴仆，当然也有一些志趣相投，惺惺相惜者，像宝玉和秦钟。

- 第四辑 -

由四幅小品再说黛玉

一

四幅团扇，也是有关黛玉的四帧小品。

自红楼问世，两百多年间，画黛玉者层出不穷，婆娑多姿的，妖冶旖旎的，甚至丰硕肥美的，皆有之。其间不乏清丽小品，改琦的本子，王义胜的水墨，均为世人所爱。画者按自己心意，为其施朱涂粉，绘衣饰，添五官。画的是黛玉，也非黛玉，无非自己心目中对女性的审美与向往。

红楼梦前八十回，对黛玉的衣饰没作任何描写，处空灵状，只在黛玉过生回顺带一笔，换了两件鲜亮的衣服便宛若嫦娥下界。可见平日简素，并不妖娆，否则不会有太大的视觉反差。

红楼呈现出大富大贵的人间烟火，红袄绿裙的太平盛世比比皆是。雪地里盛开的十几件大红鹤氅，石榴裙也大行其道，宝琴、宝钗、香菱、袭人，无论小姐、丫鬟制服一般。所以红楼里的衣饰是铿锵积极的，虽逢末世，仍花团锦簇，喜气盈盈。否则潭潭大宅，一片寡淡，也就太荒疏了。

葬花为黛玉的重头戏，能被人们记起，脱口而出的无非此景。看没看全此书不打紧，抑或从影视剧下的边角料、连环卡通等，均可知此节，并被广泛流传引用。葬花成了黛玉的标配，不同常人之处，代表性镜头。甚至有人认为黛玉除葬花，余者皆罔，只不过小女子哀婉的伤春之景。显然曹雪芹并没这般无聊，葬花，葬的是花，也是人，是青春，更是一个干净的世界，曹雪芹给了它无限隐喻及广阔的遐想空间。

红楼梦，葬花梦！

二

但对黛玉的理解，若只停留在葬花上，还是简单平面了，仍属浅阅读。人与人之间本质的区别在于善恶，而层次的拉开是文化，这才是审美成因。书的介入，至关重要。

书籍的目的，若摒弃科考，无非精神生活的确立。

宝钗曾有过书论。第四十二回她对黛玉说："咱们女孩儿家不认得字的倒好。男人们读书不明理，尚且不如不读书的好，何况你我。就连作诗写字等事，原不是你我分内之事，究竟也不是男人分内之事。男人们读书明理，辅国治民，这便好了。只是如今并不听见有这样的人，读了书倒更坏了。这是书误了他，可惜他也把书遭塌了，所以竟不如耕种买卖，倒没有什么大害处。你我只该做些针黹纺织的事才是，偏又认得了字，既认得了字，不过拣那正经的看也罢了，最怕见了些杂书，移了性情，就不可救了。"

这段话表达了两层含义。

一是男人读书是为了明理，辅国治民，即当官，有很强的目的性。如果因读书而变坏，不如不读，倒没多大害处。这话没错，表达的意思大家都懂，若读书，为官做宰后，贪酷欺诈，贻害百姓，不如当个贩夫走卒。这也是作者的行文目的，等于白糟蹋了书，所以读书，还要有风骨提着。

二是说读书、作诗、写字本不是男女分内之事，女人针黹纺织，男人耕种买卖，方为正道。这种论调对小门小户，没解决温饱的柴荆之家，尚可说得过去；对物质饱和的侯门还是陈腐旧套，死板退化了点儿。若读书只为明理、辅国治民这么单一，林如海为何还要为黛玉延师授课，岂不多此一举！连贾母都说，识得几个字，不当睁眼瞎罢了。不读书，便是瞎子，瞎子路在何方？至少精神是贫瘠的。也就好理解，为何宝钗一天针黹，不支持香菱作诗，这便是原因。

读书是种见识，一种自我对话、自我饱和，是解决孤独的方式方法。林如海深谙此道，对黛玉起小便重视，让其接受正规教育。

另视野的开阔、趣味的生成、审美的提高、格局的建立，也是书之功效。小姐、丫鬟的本质区别，不在称谓，而是精神世界的殊异，这是分野所在。尽管晴为黛影，袭为钗副，抛开她们的出身。晴雯能是黛玉，袭人能是宝钗吗？根本就不可能，她们之间隔着一本书的距离，一本书，便是万里之遥。气质、格局、想法天差地别。王熙凤除外，她的粗粝，便是缺少书籍的打磨滋润所致。

所以，老师这四幅小品，以书为主线，依旧有劝学之意。

三

在红楼里，黛玉是个爱读之人。第四十回刘姥姥进大观园，周游列屋，黛玉的住所清幽雅致，书架上垒有满满卷册，刘姥姥错会成公子哥的书房，可见以书为伴是其常态。别的寓所，或舒朗，或简素，或浓饰，均非如此。可卿的奢靡，宝钗的朴拙，探春的明阔，宝玉的华贵，均是他们性格所致，也是外延和生活态度的体现。

黛玉并不脂粉或小家子气，房舍中没有女性明显标识，但其举手投足，尽显女性之美。她的女性特质是藏在体内的，不用外部渲染，非现今女孩儿，喜爱个洋娃娃、蕾丝花边、香水类。她的存在本身便是女性的一面镜子，此乃书籍妙用，化外物为己身。

黛玉的审美，可从她教授香菱学诗中得到体察。她有一套自己的诗论，不喜陆放翁的"重帘不卷留香久，古砚微凹聚墨多"，说浅近了，偏爱王维、李白、杜甫的，喜唐胜于宋。王维的自然脱俗，李白的放达不羁，杜甫的沉郁雄厚，换句话说，她无意宋的巧致，过于整饬谨严都不爱。黛玉实是个很灵活大派的女子，内心有自己的山水清音，丰阔壮美，并不拘泥。红楼亦是一部非常大派的书，里面的女性，均有大家之仪，自贾府"四春"，便以琴、棋、书、画开端，不在小情小趣上下功夫。

说白了，诗、文、画均情之产物，需"我"在场，如自然的我，自由的我，沉淀的我，一味描摹外物，流于表气，还是窄了。

一个人的存在，并非孤立，是有家学渊源的。黛玉是位真正的大家闺秀，林家既是鼎食之家，又是书香门第。五代为侯，袭了四代，至其父林如海，科甲出身，高中探花。林如海和贾政同辈，年龄相若。贾家行伍出身，荣、宁二公打基奠业，最为荣耀，到贾政这代也不过三世。由此可知，林家比贾家发达得早，根基亦比贾家雄厚，要不然贾母也不会把自己最为疼爱的女儿贾敏嫁给林家。林家虽后续羸弱，枝残叶散，人脉凋敝，然五代之气凝结因袭在黛玉这个伶仃女子身上，言谈举止自有贵胄气和书卷味。

红楼开篇对黛玉就有交代。林如海中年得子，假充男儿教养，五岁时聘请西宾，已解膝下荒凉之叹。黛玉原有个弟弟，三岁夭折。红楼里还有个人，也做男孩儿教养，那便是王熙凤。薛姨妈管她叫凤哥，王熙凤是其学名，但并不识字，此为矛盾处。不知道王家是如何把她做男孩儿教养的，弄文还是尚武，倒是在世俗的路子上，机锋毕现，杀伐果断，有股豪气。能力的背后写满了两个字，那便是庸俗。用耳挖子剔牙，蹲着门槛子叉腰骂人，和市井村妇并无二致。王家祖上管理船只，做出口贸易，有钱，但根上就不喜读书。王夫人、薛姨妈均如此，王熙凤最爱干的事儿便是炫富，这是她的荣耀之处。所以一个人的格局，并非外部阔朗，而是在思想的深邃。别看王熙凤赫赫扬扬的，她的格局非常小，眼睛只在钱上打转。这和她当家没关系，探春也当过家，说白了，书籍也是一种避俗方式。毫无疑问，王熙凤最后死在钱上，就像秦可卿死在情上一样，生前便注定了。

红楼梦也是一部因果之书。

李纨的父亲为国子监祭酒，等同于现在北大、清华校长或教育厅厅长一职，可谓书香门庭。但李纨的阅读面相当窄，禁锢在《女四书》《列女传》《贤媛集》上。一个人所受教育，影响其一生。李纨的人生是被风干的，不到二十岁便守寡，孤风清枕，精神肉体皆残酷。

宝钗家是皇商，以钱著称，要不她的哥哥薛蟠，也不至于如此嚣张。钱是什么，钱是胆，有钱能使鬼推磨，可以挥霍，可以拥有，香菱便是这般买来的。尤其那时，可以公开买卖人口、官阶，更见钱之神通。书是什么，书是气，看不见摸不着，属自身修为的一部分。饱和自己可以，讲实际用处，眼前利益肯定没钱大。一个造外，一个营内。宝钗挂着金锁而来，尽管他爷爷是紫薇舍人，藏书之家，那只是作者为宝钗的学问做伏笔、找注脚。宝钗的身上，既有博知的一面，也有务实的一面。

贾府中，贾赦的官爵是世袭，贾政的主事之衔是皇帝赏的，贾琏的同知是捐的，宁府贾蓉的龙禁尉也如出一辙。正经读书的没几个，杂学旁收有灵气的要属宝玉，宝玉却不务正业，对仕途经济不感兴趣。贾政的危机感可想而知，世袭通常三代，若科考无望，贾府也就江河日尽了。宁荣二公各有四子，八支人脉，但世袭的只两支。一支为宁府贾敬的爹贾代化，另一支是贾政的爹，史老太君的丈夫贾代善，其他的都没落了。有甚者，饥一顿饱一顿，连两府的奴才都不如，贾芹、贾芸等皆是。可见世袭，也就是接班有多重要。

四

黛玉虽萍寄，但非小家碧玉，这是种误读。

书是什么，书是断层，审美的高下，视野的宽窄，没书哪来辨识？

审美，也是审自己。

葬花只是作者写作的一个手段、寓意，并非单纯黛玉特立独行的行径，这是曹雪芹高于唐伯虎的地方。前人已有葬花，若亦步亦趋，随别人脚踪学舌，岂不成了笑柄。

所以老师的这四幅小品，为避俗，真正体现黛玉的内在风貌和整体性，均以书为道具。第一幅《秋水无尘》在《绘事》里我曾说过，这里便略。秋，渐行渐远的爽淡季节，有别于春的喧闹浮腾。春，稠密，打泡的空气，白馒头上的盈盈喜气，从芳官、春燕身上，均能看出。而秋，孤云水白，长夜净灯，并不寒彻。亦如抚笛人，吹翻的瓦屋纸月，一派森然明亮。

黛玉是属于秋的，她说不爱李商隐的诗，只喜一句：留得残荷听雨声。春去夏远，万物归宁，褪去欲望，天地间日日清美，有了几分庄重。枯荷听雨，更助秋情，这样的幽孤，适合黛玉的心境。李商隐的诗作缠绵悱恻，秾丽新奇，有甚者隐晦迷离。黛玉的意识相当开阔，非浅薄暴发，见到艳词丽赋便爱。过于幽暗的也摒弃，所以李义山的诗只这句走心。

黛玉本人也幽，若用一个字形容她，那便是幽；而宝钗是正。故回目里有：幽淑女悲题五美吟。但这个幽是清幽，静的代名词

就像今人雅爱丹粉，若只是摆摆样子，拉个红木桌子，挥毫聚焦下，便自诩文豪书圣，还是浅薄了。得其形，未见其髓，终是浮萍浪影。

幽还和一个字连着，那便是深。藏而不露，便是气象。深是一种养成，一种自然。人之好，是化内的，外只是搭，若刻意，目的性太强，终将贬值。一旦台面化，掺了戏的成分，少了诚意，还是自己诓骗了自己。

外物与人的关系，是互养的。

四幅小品里《秋水无尘》《晓露清愁》指黛玉的性情本质，即内；《潇湘竹影》《绛珠书屋》为环境，又分室内环境和庭院环境，也是为内里服务的。内外互应，彼此渗透。

老师的画，越来越潦草冲淡。几笔便心满意足，异常经济，不做深雕；颜色也极吝，能省则省。也许和年岁有关，不断做减法，卸下多余外质，达意便好。画作也多半画给自己，并无营营之心。

二十年前，老师的工笔亦游丝细笔，骨法精绝，设色深厚。现今拙朴荒率，不尊章法，开自我新境，追求静穆气。女子多莹润雅洁，端庄若雪，无媚态、世俗相，这是其一贯作风。

所以潦草是建立在精雕细琢之上的，这是个过程。

《风露清愁》，说得依旧是秋。露生于秋，并不寒。清也是轻，

一个度，淡淡愁绪，并非歇斯底里，否则便是怨妇一枚。风露清愁四字出自六十三回，花签语。宝玉过生，群芳开夜宴，黛玉掣的花签为芙蓉花。芙蓉，秋花，水色轻柔，品性高洁，生于八九月间，晚秋凋零。所以黛玉属于秋，和宝钗的春日牡丹，遥遥相对，并不壮观。

最爱第三幅《潇湘竹影》的笔墨意态，浅淡如雪，像尊浮雕。黛玉凝神细思，背景竹影参差，十分简素醇雅。

最后一幅《绛珠书屋》，设计清整，书架上码有数部古籍，木窗外隐隐闪动竹影，可闻风声。几上亦有书，黛玉双手执卷读书状，一派静然，符合秋窗风雨夕的意境。

书籍，贯穿黛玉的一生，既是打发寂寞光阴的一种方式，也是营养默化自身的通道。宝钗自小祖父培养她读书，也算饱读之士，长大依附母怀、分担家事后，书籍便从她的生活慢慢淡出，这是她和黛玉的区别。

这四幅团扇，是老师零星创作的，也算有感而发。因喜书，便绘了四幅黛玉执卷图，也为避开葬花。

后来老师把四幅小品，改成四条窄屏，分植黛玉其上。屏与屏之间，或竹叶，或木窗相连，浑然一体，宛如一幅。依次为进馆、凝思、教鹦鹉学诗、秋夜读书，起承转合四个环节，是黛玉日常一整套行为艺术。屏上文字，由我胡诌，除《潇湘竹影》拟的比较满意，余者皆难差强人意。"竹扫门前月，风动镜中妆。为把朱泪藏，又添几重霜。"说的便是《潇湘竹影》。

竹扫门前月是空；风动镜中妆为弱。朱泪藏，绛珠洒泪成斑，香妃竹之意。又添几重霜，谓愈寒愈翠，事世艰难。

绘四屏时，正值重阳。老师秀骨清像，银丝若雪，身着蓝布祆褂，伏案设计黛玉。案头一简易高颈透明水杯里，插着后院折来的数枝青竹，翠叶萧萧，衬得白屋异常朴素，真是一碧抵得万千花。

常见人争论红楼后四十回优劣，窃以为最大的败笔便是把黛玉写了回去，性格扭曲，故不可信。本篇旨在由画重谈黛玉并非小气之人，至少在我这儿为其正名。林家曾充男儿养，刘姬错认公子房，此为事实。《五美吟》，咏西施首里，黛玉曾说，"效颦莫笑东村女，头白溪边尚浣纱。"不落时流畦径，非庸人俗语，这便是见识。

绘事一：初画红楼

一

天很阴，约了先生去笔庄取画，再把新临的画裱成片，这是我的功课。每月都得往返几道。

画在案头展开的一瞬，先生说好，比照片上的要好。旁边忙碌的老板娘回身瞥见，也惊呼了声。她是见惯画的，那神情分明无假。

这幅画的确很好，和画廊里所有的画都不同，宁静孤立，淡淡的，像方薄薄的玉。先生每次打开，也都小心翼翼，一手按着画沿顶端，一手轻握圆筒，一寸寸往下拉。生怕美跑掉，或遗漏，也怕喜悦，或失望来得太早。

所以画的美在于打开，而并非悬挂。一旦悬挂，便是亲人。

一幅画的诞生是曲折的，是智慧不断地较量与丰沛，尤其工笔，是个漫长的过程。此画已是第七稿，画的是黛玉。黛玉并不好画，成稿的、没成稿的在人心目各有框架，艺术的个性被不断超越覆盖，能把那份娟逸灵动表现出来的少之又少。清代改琦的本子算是个例外，人物纤巧，流丽多风。

先生是我的老师，平生绘事丰富，从油画到工笔再至写意，无所不至。唯独不绘红楼，说高手如云，难以刷新，民间又成定式，袭蹈前人，终是不堪。因我喜欢，常常提及里面人物，亦想画自己心中的红楼，为尔后的小书做插图。说多了，先生也就动了心。先生平和，心如古镜，所绘人物潜气内敛，含蓄典雅，并不飘举或过分怪诞，这是他的风格。他眼里的黛玉是贞静的，故曰《秋水无尘》。取秋水的平静与清凉，以迥异夏之浓丽，冬之萧索。这很服贴黛玉的性格，也契颦儿"龙吟细细，凤尾森森"的寓所。因房里垒满书卷，又改为看书模样，而非葬花。

画稿简约，一帘一凳一人。帘，画上语言之一，于空间是隔断，于人是含蓄，双层意思，亦代指闺阁或家。方凳为实，无贵胄气，有别商贾、官宦。服饰取日常，贴身随意，少些丝绸挂戴，浓妆艳饰，先生设计时舍了又舍。

人物稍加变形，上身和手臂均加长，越显其秀；眉眼淡淡，只是个符号，并不作特别处理。这是先生的风格，远烟式的女人，也是庚口式的女人。取个意罢了，姿态美方是真的美。

着色以淡墨为主，只头饰、衣缘、唇彩、用硃磦点染。成稿后，先生发来图片，纯而素，通体婉约，有娇花照水之风。我建议能否在帘后加上竹影，以点明潇湘馆。先生说好，不仅丰富了画面，还拓展了外延，把庭院的概念也纳了进来。

我临的时候，又把衣边和长裙，在淡墨的基础上，盖了层三青，呈出玉质的清凉与深邃。我偏爱这种效果，若直接上三青，则流于单薄肤浅。把湖水穿在黛玉的身上，是我的目的，也切《秋水无尘》的主题。

幽致，总是那么令人心动。

我发给先生，先生非常喜欢，说审美再造。让我把袖口也染上三青，并说把这张画送给他，他来收藏。要不把他的那幅也穿上蓝衣服。先生便是这般可爱，童心饱满，常索我临的画保存。

这只是幅小品，在此基础上，先生又扩展成大幅，添了半扇园门和园门外隐隐的竹林，还有一道石栏。帘后的竹子也加了一节节枝干。它们是隐秘的，属黛玉的延伸，风骨所在。我建议先生，把石栏换成木栏，更柔和些，也切景。试想月夜清辉时分，风响竹动，帘外千篁万玉，雨叠烟森，该是怎样的意境。先生又让我把竹子也涂成蓝色，遂满纸清朗，人物空翠，有了通感。

画画是件神秘的事情，内心的锁扣，轻轻一搭，也就开了，里面的千壑万仞着实令人着迷。黛玉也只是个符号，是黛玉，也非黛玉。每个人走不出的是自己的内心，而审美是一双无瑕的眼睛，为这个世界订购下的一份高度纯洁。

二

绘完此画，先生对红楼似乎上了瘾，又要绘红楼四条屏，和我讨论画谁，我说"四春"吧。

我比先生略熟红楼，也会把自己的理解讲给先生听。四春绝非单纯的四春，背后隐藏着琴棋书画四器物，这是种文明指代，也是社会教养。曹侯设计人物非单纯的人物，每个人都是一种现实对应，包括那些不堪的行径与爱好。我建议先生避开其他场景，定位在琴、棋、书、画上，元春弹琴、迎春下棋、探春写字、惜春作画。这样既有独立之美，又浑然一体。元春的丫鬟抱琴随其入宫，可见琴是元春的命脉，一刻都不能散，至于弦断那是后话；迎春嗜棋，定亲后，宝玉有诗云："不闻永昼敲棋声"，可见下棋是迎春的常态，怎奈她操控不了自己的命运；探春是个书法家，书里多次点染；惜春擅丹青，兴趣所在。

她们的贴身大丫鬟均以此命名，抱琴、司棋、侍书、入画。动词起头，实指四姐妹的日常行为。

她们的寓所又分植四种植物，暗示她们的命运和性格。元春是石榴，"榴花开处照宫闱"石榴多籽，元春却无后，此乃她的衰败之因；迎春居于紫菱洲，菱花苇叶，普通飘零之物，别号也是菱洲；探春喜芭蕉，宽大碧绿，茁壮之物，她自诩为蕉下客；惜春的别号是藕榭，暖香坞毗邻荷塘，惜春喜洁，看似冷酷，却是端坐莲台之人。

先生听后说，以四花为背景，倒也新雅别致。每幅需铺以半扇红门，隐喻红楼，豪门之意。门上纹饰皆不同，各有寓意，元春的最为复杂，以示身份显赫。

至于神情姿态衣饰，花朵的勾勒铺陈均是先生之事，内心自有安排。款用我的红楼小书中，标题的对句，这幅画的初步设计也就基本告一段落。先生说最多用三种颜色，在一个色系里过渡。平日设色只两种或一种，于此我深知，故先生的画简贵，从不杂乱，也不浓饰。初稿出来后，非常隆重，人物古雅，年龄适合，清逸俊朗，端而不失可爱。先生不甚满意布局，又重新起稿，略作调整。绘画有时是个大工程，即便用浅墨勾勒，返工也大费周折，需重头再来，往往几易其稿。仅凭一腔热爱是不行的，尚要心思机巧，辅以学养。

由书变画，非简单过渡，这种延伸再创作，要难于自由创作。不仅要贴切原著，尚要有自己独立的思维和信息筛选，细节上也要下功夫。看过几款绘红楼的版本，画惜春时，多辅以竹与鹦鹉，此乃黛玉标识，是绘者不深谙红楼所致。

三

与先生学画已有些时日，从观者至画者，这种转身是缓慢的，也是飞速的。以前解读过先生不少作品，只是从文化含量、精神角度出发，于技术方面并没真正淘洗。

观者是清闲的，画前驻足，也许只是几秒，即便长久的热爱，也不见得领略全部真髓。和读书样，看到哪层算哪层，想进入绘者的思想高地并非易事。而绘者是辛劳忘我，绞尽脑汁的。纸上的每一物，都有其必要指代，就像小说，需砍掉多余枝蔓。简与静永远是绘画的标杆，安插也需合理，方能协调。尚要有自己的精神色素，似曾相似之作，你袭我，我袭你，没多大意思。思想的抄袭也是可怕的。

对于画画，我常痴迷，忽略钟表的滴答声，一天不动，不吃、不喝、不睡的时候也是有的。月夜孤灯，一案相对，已是无人之境。这样的时光是抽离真空，隔绝世俗的。画时并不觉得疲劳，一旦睡下，便云里雾里，累极！

先生性格舒缓，做事从容，不慌不忙中也见雷厉风行。慢是性情，快是技法的娴熟。画画于他老人家是种享受，稿裱在案上，慢慢干，慢慢画，高兴了就涂上两笔，不得闲就放着。我却有点儿急于求成，想看到效果。世上最有意思的事儿莫过于创造，这是种魔术。一幅画血肉逐渐丰满起来，魂魄也就出来了，待戏服穿好，山河舞台也就唱了起来。再寂静的夜晚，都是辉煌的。

画画也是件很私人的事儿，极致的乐趣，需反复推敲。应景式一蹴而就的，很难有佳品。抛开身上附加的价值，人为的光环，画画极为纯粹，更多地活在自己的目光里，是种心意表达。很多东西都属慢性毒药，阉割的不仅是周遭目光，更是自身的灵气和心胸。所谓的学养，是雷霆不动，往水底下沉的速度和风度。

"水是个好东西"，这是先生常说的一句话。"水利万物"四字，在画纸上最能得到极致体现。轻柔的个性像做人样，透明度、玉质感靠它呈现；僵硬的界限靠它打破，甚至过渡，痕迹的消失，改错均是它的功劳。它不能浊，一旦不净，画面很难清爽起来，没它却寸步难行，所以我每次一碗碗的换着清水。

墨并不是真的黑，它的黑只是偶尔或短暂的，属误读或假象。在画里通常是灰，是雅致，并不十分清醒。一幅画的肋骨和机锋需它显现，远山近水，幽花微雁也需它皴染。衣饰的褶皱，物体的前后，甚至提亮，空间的推远或拉近，也都靠它烘托。它是柔和沉静的，常怀素心，往往以很淡的形式出现，工笔画全靠它打底。

一幅仕女图里，头发是最黑的，但不会直接用重墨，而是一遍遍皴染，有时七八道方能达到理想效果，再勾出细丝。若画里的颜色太艳了，先生会说，盖一道淡墨吧；若背景太浅或花了，先生也会说，上一层淡墨吧。所以绘事和现实生活样，得有舒缓清澈的节奏，太浓重或坚硬，画纸都难以接受。

颜料是秾丽的，一管管浓缩在一起，像压缩饼干，在水的舒缓下才能轻柔起来。水可以使其年轻，还原成童年，比如说大红，可以稀释成淡淡的粉。它们很多时候又是母亲，"嫁"给别的颜料"生"出不同的孩子。比如二绿和砝碌变成肤色，藤黄与淡墨生成绿色，大红加点头青，便是淡紫，很奇妙的一件事情。它们并不过分坚持自己的个性，知道融合之美，也知道在水的作用下，自己能呈出更丰富的色泽与内涵。这是一种超越与回归。它们本身也并不美，但只要有水，便薄如蝉翼，或妍雅异常。

它们也有很好听的名字，比如秋香色、雪青、赭石、月白、百草霜、天水碧、松花等。红楼里贾母和莺儿也提起过不少色，这些充满古意的名字，本身就是一幅画。

宣纸，是低微的，草的另种形式。千锤百炼后的白，可以安睡千年的不朽，接纳各种色泽，故爱惜。

四

和先生学画，越久越佩服先生，也会扭转对一些事物的看法，比如审美和审丑。先生并不画美人，那些明眸善睐，水汪汪，大眼睛，长睫毛的，先生都不画。以他的技术，要多美就能多美，想画啥就能画啥。但先生往往一扭一个嘴巴，一揪一个耳朵，指甲也是一挑一个，并不过细。眉毛长至头顶，眼睛立起来，皆属常事，但通体和谐，无尘俗气。这是件很神奇的事情，美人不腻，方是美人。

先生总说凡相机能解决、电脑能合成的都不要画。最美的，也是最俗的。美一旦疲劳，便是丑，知性教养才能解决问题，含蓄方远。所以他的画，不管鲜雅还是古淡都是沉静的。且反对绣花样的精雕细琢，觉得过分精工是浪费生命。精而无神，流于板滞。画，情儿，纸上的内心依托，意出来就行了。单纯秀技，并不爱。

先生随意，把画当玩儿。但重构思，无思不提笔，造型构图历经数稿，直至满意为止。常做减法，简达意赅，万千丘壑藏于画中。纯写生的东西，多做回避，即便意境动人，有纪念意义的场景，想入画时，也是把空间的前后，动与静，明与暗，冷与暖都考虑进去。且善于用光，把油画的手法带进工笔中，变得厚实立体。先生常嘱咐我，哪里该深，哪里该浅，光从哪来，哪里背光。要给头发、门框留出白色，以示光感，包括月光都不能忽略。工笔也非纯工笔，介于工笔和写意之间，既无工笔的板正，也无写意的随便。兼工笔的深思熟虑和写意的概括提炼为一体，往往自出机杼，并不固守绳墨。

刚学画时，曾帮先生绘过一幅长卷——《击球图》。下笔谨慎，生怕弄坏了。先生说："怕什么怕，只管潇洒点"。我于一端小心翼翼地画，先生于另一端，不见走笔，已刷刷过来。看似轻，却遒劲有力。那时有诸多不懂，见颜色深浅不一，以为潦草，忙去补救。先生却说没事儿没事儿，过后方指出，衣服敷色不能太均，否则死板一块儿。人是动态的，少了气韵，画也只是幅画了。

画画是种兴致，也是种消耗，和写作样，苦甘自知。书境通画境，作画、写文，本一脉，构思，付诸纸布，上色打磨，一遍又一遍。一幅作品需经诸多关口工序。尤其油画耗时、耗力，拿身体作代价。完工时的喜悦，是由无数针秒换来的，每幅画都是自己的孩子。先生总强调物随神游，得到的人能懂画理、明画意，珍爱便好。

先生的画，非一花一叶的浅境描摹，背后有强大的文化和历史作支撑，内里乾坤非每个人可知。初识先生，便有位学养深厚，和先生相知多年的朋友对我说，先生只是囿于这座小城，在这座古城论艺术修养和文学修养无人能及。当我转告先生时，先生却说囿于小城有什么不好，清静，艺术真正的需要

除画画，先生还习字，十几年如一日，一天不落，真正的日课。说字是功底，非扬名工具，无尘才见艺。

和先生学画，不仅学的是笔墨功夫，更多的是做人的审美与涵养，

无尘才见艺。

载于《草原》2020 年第一期

绘事二：有关"四春"

一

"四春"搁笔了，好久之后的完工，近一个月的绘制。

这种漫长是相对的，与那种精微到一年、二年，甚至多年的相比，尚属短暂。要看意达还是技达，格胜还是情胜，目的不同，方向各异。老师的画终是日静山长的文人画，讲意、讲境、讲深，更讲远，讲历史舞台大幕后的宁静，时间的折断与沧桑。思考是绵延的，流淌在人的思维与轻薄的纸张上。

无思不提笔，是老师常说的一句话。故这组画酝酿的时间，要长于它的表达。细化在前期，思维的深处，后期只是呈现，水到渠成的过程。

在《绘事一》里，我曾说"四春"绝非单纯的"四春"，是种文明指代。贾府也绝非单纯的贾府，乃天下，各色人物形式的杂糅，一种曲折的社会形态，而非单线。"四春"对应的琴、棋、书、画，属陶冶与教养。贾府的四个女儿，不可小觑，是真正的大家闺秀。抱琴、司棋、侍书、入画，四个丫鬟，实指四姐妹日常。"原应叹息"，飘零的不只是个人命运，更是一种社会斩断。同是大家闺秀，为何王夫人、王熙凤粗粝些？无熏陶之故；秦可卿为何淫滥些？亦是；二尤、三尤婚前失足，也是因为没有熏陶，或没有机会熏陶。

文明是抗拒庸俗的最好方式。

在构图上把四姐妹定位在琴、棋、书、画上，无疑是最佳选择。

既有格局之美，又不落前人窠臼。

"四春"以四条屏的形式出现，各自独立，又相互关联。人物摆放需错落有致，彼此协调，画面格调亦要统一。若再绘红楼，黛玉、宝钗、湘云、妙玉将是一组，她们是外系，或与贾府相关人员，均是客。李纨、凤姐、秦可卿、巧姐又是一组，前三位属嫁进贾府的媳妇，巧姐是继"四春"之后的另一位贾府千金。那么，"红楼十二钗"也就彻底告罄了。

造型上，"四春"每幅辅以半扇红门做背景，寓意红楼，贵胄之家。以后的两组四条屏，将以古书页和古画的形式烘托，这是老师的一整套设计。

画面尽量简洁，忌"错彩镂金，雕缋满眼"，与写文样，减一分则瘦，增一分则腴，藏和露需恰到好处。除了半扇红门代表整个家族外，又辅以四种花代表个人寓所及命运，琴、棋、书、画是她们的生命状态和进行时，也是爱好与注意力。这反映出三大块，即大家、小家、个人。由大及小，从外至内，由物到人，层层递进。至于石台、栏杆、书案，只是小小的补充，均为画中人服务。

除眉眼神态姿势外，尚要考虑年龄间隔，服饰以晚明时期为主。这些均属前期筹谋，知识点由我向老师一一提供。

二

底图发来时，颇隆重。不得不佩服老师的奇思妙想，没废笔，藏了诸多东西，有隔帘望月之美。明白人方看得出，不明白也不打紧，亦养眼。比如，探春书案上临的半幅字，是米芾的《蜀素帖》，懂书法、深谙红楼的人才知道；迎春棋盘旁放的蓝皮线装书，并没书名，也只有稔熟红楼，了解迎春的方明白。此书为《太上感应篇》，是本道教圣书，是迎春一生的指导思想，是她不争、不抢、不戒饬下人的根由。

放任也是一种惩罚。

空白，作画手段之一，也是活眼，属另外一种语言形式。欲语还休，有时比说好，巧妙即智慧。文人画，终属小范围概念。但不管是深意会还是浅阅读，皆享受，如宝藏，需层层打开。

画里的每一个符号，非平白无故。老师喜欢以点带面，画《四月》，并不妖露，百色往往藏于扇中；绘《秋声》，非金针如雨，只是飘进牖内的一两枚落叶。季节是不动声色的，似耳旁流水，静而永恒，方能听到时间更真切的脚步。把复杂处理成简单是种本事，含蓄比直白走得更远。

"四春"起底后，骨骼灵奇，温润秀逸，素笔便可作插图。

给老师提了个小建议，四幅屏既以琴、棋、书、画定位，《元春》这幅就应该有琴，能否加上，这样方统一。哪怕只露出一点点，一个角也好。老师遂另起底稿。

在此之前，哪怕有一点点不满意，包括人物的高低、门的左右，也是调了又调，直至通体和谐。期间几易其稿，每每从头再来。所以画画，或想把一幅画画好，是漫长的。好的作品就像小说，既要有前期构思、后期打磨，又要有故事性、思想性。

元春，为"四春"之长，丫鬟抱琴随其入宫。她酷爱弹琴，弹的不仅是个人命运，更是家族兴衰。元春由贾母带大，是宝玉的启蒙老师，入宫封妃，最为豪华，节俭二字，由她口中吐出，故可敬。她高贵雍容也愁苦，并没什么花可比拟，判词中云"榴花开处照宫闱"，现今故宫嫔妃院落也多种石榴。石榴多籽，母凭子贵，妃子只有生养，地位方能牢固，宠毕竟是短暂的。所以，元妃的背景绘石榴花，无子是其弦断之因，也是贾府没落的根由。裙上辅以大朵暗花，预示生命的隆重与短暂，其他三姐妹皆单色。四扇门，各有寓意，因元春居大，地位最高，花纹最为复杂。

迎春擅棋，定亲后，搬出大观园，宝玉曾至紫菱洲怀念她："不闻永昼敲棋声，燕泥点点污棋枰。"可见下棋是她的常态。她住在紫菱洲，别号也是菱洲。菱花匹配于她，淡淡之香，普通飘零之物，遂背景泞染菱角花。

棋盘置于室外山石上，迎春手执白棋，欲下状。脸部温静，神情淡定，此乃她的一贯作风。累金凤事发后，丫鬟、婆子吵成一锅粥，姐妹们前来安抚，帮其料理，独她置若罔闻，心无旁骛地看着《太上感应篇》。迎春是位金枝玉叶的侯门千金，绝非有些读者误读的那样，也非下人口里的"二木头"。眼光的势利、狭隘取决于自身经历。懦弱，懦的背后是善，是豁达，是不争，是没虎狼之性。迎春崇道，讲无为。她微丰，故绘时脸部圆润、沉稳。市面上绘的红楼，多是她坐在石凳上穿茉莉花，或满纸惊恐，被只恶狼紧紧追捕，以示其婚姻的悲剧性。书里的迎春颇安宁，她的命运是以时代为代价的，并不完全取决个人性情。这些均非常态，不足以表现她的镇定。绘其下棋，一是市面不曾有，二是更具代表性。

探春是个书法家，生性阔朗，以才智谋略见长。她的寓所多芭蕉，她也喜芭蕉，自诩蕉下客。这种宽大茁壮之物更契合她，故背景绘阔叶芭蕉。她又是一个俊眼修眉，神采飞扬之人，加之削肩细腰，足以称得上美人。她酷爱书法，墙上挂着米芾、颜鲁公真迹，案上垒着名人法帖，然而这些并不能一一搬至纸上。老师设计的时候另辟蹊径，并没让其伏案习字，而是手指俏丽地捋着毛笔尖。案上之字，恰是米芾体。书画本一脉，画者即书者，需以文化作支撑。把空间变成平面，在平面里感受空间，是画者的本事。服饰简洁，无多余之物，家常衣服。简方美，素才雅，这是老师一贯的主张。人物空淡，并无燕舞飞花曼丽之姿，而是笔墨骨气，突出其内在美。

惜春最小，既要画出她的童稚娇嫩，又要绘出其洞若火烛的性格并非易事。她嗜画，曾画大观园行乐图，然而技术并不高，仅用平日写字的笔绘上两下，属写意范畴，工笔都不是。她非画家，行乐图是她学习进步的过程。老师设计时，避繁就简，并无一案一纸。这很巧妙，也避免雷同探春。她住在藕香榭，四周开满荷花，宝钗称其为藕丫头，她别号藕榭，这些足以点明荷对她的重要性。

惜春的寓所写着"穿云度月"四字，刘姥姥称其为下凡仙女。她归于长灯，被佛祖所收，属定数。安于莲台，虽孤寂，但干净，也契荷之品性。至少家族没落后，比被卖掉、或像巧姐那样流落至烟花巷要好。惜春这幅图设计得天趣十足，杳然可爱。画面活泼，荷叶随风传送。惜春小立，翩若惊鸿，正往扇上作画，有初发芙蓉之美。

此为四幅图的基本构思和起草过程，剩下的便是着色，给其血脉，方能鲜活。题款用我小书里的对句。

三

老师先用《元春》试色，姜黄打底，红门，人物和花全部用白色笼罩。云雾仙仙，层层剔出，以凸显梦境。成稿后，颇古意，但画面温吞，怎么都不明朗，遂废弃。接着又用茶色画了幅《迎春》，虽文雅，但中庸，也不满意。也许是期望值太高，也许太想画出自己心中的红楼，故苛刻。

我偏爱东山魁夷的色调，幽碧的蓝绿宝石，似湖底之月。虽少古意，但多了冰清玉洁，遂尝试一番。我管它叫女儿蓝，以此彰显少女的透明心性。自己在家闷着头画，并不请教老师，总想涅槃点儿自己的东西。人便是如此，不会跑，便想飞。

日夜忙碌，一口气拿下四幅，虽筋疲力尽，倒也开心。自己怎么看都好，喜欢得不得了。衣服一道道涂白，越白越纯。元春的裙子先涂了道三青，又盖了道钛白，那硕大花朵便隐隐泛了出来。自己很骄傲，且心满意足，为自个儿的小发明点赞。四扇门的颜色也是调了又调，盖一道淡青，又皴一道淡墨，直到色差缩至最小，细化了再细化。纸从案上托至地下，又从地板倒腾到案上，搬去搬来，快揉成腌菜。

绘起后发给老师，自己先说多么多么好，多么多么喜欢，多少钱都不换之类的话，老师亦鼓励了几句。

与此同时，老师也试了幅蓝色。老师冲澹，不紧不慢，敷了色，便去小院晒太阳。黑黑的棉袄在日光下满是温暖。干了再敷。图发来后，我觉得颜色过于浓重，有鬼气。

几天后，老师说："把你的画拿到画室给我看看！"老师徐徐拉开时，并没像往常那样赞叹，而是说："你去把我的也打开。"

打开老师画的一瞬，颇为震动。满纸阴翠，静若禅堂，实物比照片要好得多得多。虽也是蓝绿色调，但如青铜，充满老味儿。每笔都似老松，那种幽深，时间和况味是我不具备的。我说可以挂在古宅里了，阴阴的，风吹轴响，倒也绝配，是压得住的。

相比，我的只是风中的一张纸，那么单薄。老师却活出了古气，一个旧人，举手投足皆成气象。所以，有些事，是要比的，不见高山，哪知低矮。

老师说："你看你的衣服太白了，太白就会跳出来，需盖道淡青。"那一刻颇犹豫，心想，要的就是这个白，为此不知染了多少层。便说："万一坏了呢，好容易才绘起。"老师说："相信为师的审美，涂上方协调。"一幅画要有整体感，细节不必太在意，过细反而板。观画观其意，尝其味，拘小节，手脚放不开，必不潇洒。烟波不通，也就凝滞了。画，终归是种视觉艺术；美，来自和谐，人得含在里面；美也是一种纯粹，精神上的东西。就像一个人，不能靠一两件闪光的首饰彰显气质，得有整体感。

依老师之言，敷了道淡青，果真柔和下来，不再刺眼。

老师又道："气韵生动，全在线上。语感，为行走的线，要虚实相间。你看你的荷苞，看似生动实僵硬。画，人化的语言，得有神韵。"老师边说边用笔压了压。丛花叠叶也得隐于人后，不能喧宾夺主，也不能稀稀拉拉。

真正绘时，借鉴了宋画之风格，咖啡起底，古重，朴素里的高贵。原构思的虚幻，被现实征服，介于雅俗之间，算是折中。今人是走不出古人的，那是一个高度。

四扇门一起绘的，故不存在色差。这点我没能想到，经验即智慧。背景上色也比我的空纸难许多，染了不知多少遍，一层层往上加，均匀且保持一定亮度，这样方透，急不得。门，也如韩干的马涂了不下一二十遍。老师指出，这宣纸分明是明代的，有些古味儿。荷花原留白，但怎么都厚重不起来，用淡墨的红压一压，久远的年代感就出来了。人物五官并不写实，往古典上变了变，只是些许意象。翛然而远，有时比纤毫毕现强。

四春，人间的一滴清泪，再浓重，都是一片冰雪。

成画后，比我的厚实丰富，有怀斯[1]的味道，老师自己非常满意。

老师说："我绘的这四幅你来收藏吧！你喜欢《红楼梦》，没你我不敢涉猎，算咱俩合作。以后我再绘套留给自己，心里还想着那虚与幻的境，那是缭绕着红楼的云和烟，也是最真实的红楼。"

---

[1] 怀斯，美国 20 世纪的写实主义画家。

绘事三：钗、黛、湘、妙

一

又是一个深夜，临老师的画。

案上的宝钗，端庄秀润，影视剧里的演员不可能有如此气质。宝钗喜素，房间雪洞一般，玩器全无，只条案上的土定瓶供着数枝菊。她的住处也无花木，进门石壁上缠有累垂可爱的奇草仙藤，宝玉说那最香的是杜若蘅芜。宝钗的居所叫蘅芜苑，别号蘅芜君，均由此化来，故用杜若、蘅芜两种植物代其庭院。老师起稿时，移至窗上。

用古书页做的背景，藏了"石头记"三个字，每个字只露半边儿，以此点题。扑蝶，宝钗的经典场景，因被画烂，故避开，改绘针黹。书中第四回便说她不以书字为念，只留心针黹家计等事。小恙梨香院一节，宝玉去探视宝钗，宝钗亦家常素服，坐于里间炕上做针线。第四十二回，她劝黛玉："你我只该做些针黹纺织的事才是。"书中多次渲染她唯依附母怀，以女红为主，每每做至深夜。可见女红是其常态，贯其一生，有停机德的美誉。

老师自己先绘了幅宝钗，落笔荒疏率真，怕板，略带小写意的味道。我的清正雅洁，颜色自由组合，后期审美归自己，拿不准的也会在微信里问老师。成画后，老师颇喜欢，说是我临的最好的一幅，通体和谐，堪称完美。比他试画的要好，青出于蓝而胜于蓝了。我知道这是谦词、鼓励的话。自己笔力浅薄，线条软，不似老师那般老逸，骨格遒劲。

尚不能自由设计，那是个漫长遥远的过程，目前充其量只是个工匠。操笔点刷，只为多种人生体验，于事物的理解，添双眼睛罢了。

技，毕竟是肤浅的，智慧方无价。红楼系列，是我和老师共同研究诞生的组画。人物理解由我向老师阐述，老师进行设计。起初，老师便说算合作。我临的画，依旧在自己章前，盖上了老师的印戳，以示尊重。我一生喜欢原创，尊重原创，致谢老师。

宝钗窗上绘有两种植物，一是杜若，二是蘅芜，均指宝钗。

杜若，夏开白花，细若脂玉，是种中草药，喜阴，治蛇、虫咬伤及腰痛。也叫地藕，竹叶莲，山竹壳菜。有人混称姜花，朋友写过一篇《抱着姜花的女人》，应该不是同种植物。

蘅芜，香草名，杜衡、芜菁的简称，泛指地上匍匐有香气的植物。杜衡是它的中药名，味辛，性温，有小毒，《本草纲目》里有记载。

此草含挥发油，《楚辞》里说它异香扑鼻。相传李夫人梦中授武帝蘅芜之香，"帝惊起，而香气犹著衣枕，历月不歇。"武帝思念爱妃李夫人，曾于延凉室，梦见她授蘅芜之香，醒后犹在，且数月不散。清代洪昇的《长生殿》第四十六出"觅魂"，也有 "俺特地采蘅芜，踏穿阆苑，几度阶寻怀梦，摘遍琼田。"的字样。意思是说玄宗思念杨贵妃，此草能召亡人魂魄，故采之。曹侯放这不知何意，宝钗亦有杨妃之姿。

古时又常混于杜若，在文学作品里代指君子。

二

宝钗、黛玉、湘云、妙玉四位女性，在十二钗里，属外来户。其

174

她八位，均为贾府千金或媳妇。

第五回，薄命司册页上排名，宝钗、黛玉并列第一。湘云、妙玉位居五六位，皆靠前，可见作者对其珍爱。于之匹配的曲子，红楼梦十二支曲，也是这个顺序。这是我的认知，故对怀金悼玉的"金"指史湘云的说法，并不赞同。引子，成书之因。所谓的"怀金悼玉"，脂砚斋批："大有深意。"窃以为不一定单指某人，代指往昔炊金馔玉的日子，也未可知。即便指人，这里的金也是概数，含宝钗、湘云，玉囊括黛玉、妙玉，为女性统称。

钗、黛、湘、妙四人，为何在作者心中分量如此之重，凭优秀、血缘，还是亲密关系。几人都是与贾家血缘极淡，或干脆没血缘，属外系或与贾府有瓜葛之人。优秀是肯定的，主要原因还是亲厚度，此四人都是宝玉生命的参与者、影响者，且影响宝玉一生。黛玉是其初恋，心仪之人；宝钗为其妻，生儿育女之人；湘云属最早与其耳鬓厮磨的异族远房表妹，有可能也是同历苦难的终结者。是不是脂砚斋，另考。妙玉与其同属异类，精神高度一致，是世上多余之人，为世俗不容。相信八十回后，妙玉与宝玉会有更深的交集。

所谓的金陵十二钗，正、副、又副册，皆掩人耳目，不过为贾府女子的排名。所谓的金陵指的便是贾府。金陵，今之南京，古时叫过江宁，现今尚有江宁区。是曹家，即贾家的大本营。

钗、黛、湘、妙为一组，设计时，颇踌躇。"四春"用门做背景，有豪门之意。她们是担当得起的，隶属贾府，本是豪门千金。而宝钗、黛玉、湘云、妙玉均为寄居之人，在书里却喧宾夺主，大放异彩，用什么做背景合适，这成了大问题。

偶有一天，我把旧的《石头记》影印本书页发给老师，老师灵机一动，决定用古书页做背景，版印，有墨气，她们本是书中人。背景同样辅以四种植物，代其庭院与性情。黛玉，翠竹，原也叫潇湘妃子。湘云醉卧芍药裀，芍药做底。妙玉，槛外梅，以梅相映。宝钗的有点难，用上面说的杜若、蘅芜点其寓所。

三

　　黛玉清素，大家熟知的场景是葬花，市面上绘的多半如此。老师认为旧套，难出新意，遂改为读书。刘姥姥参观潇湘馆时，错把黛玉的居室当成公子哥的书房，可知黛玉清爽，并不脂粉，书是她的标配。读书，黛玉生命里的流泉响水，日常填充，也是细劲幽篁里的绵绵绿意。

　　湘云可爱，豪饮，洒脱，娇憨，第六十二回醉眠芍药裀，是她的行为艺术。芍药裀的"裀"，有垫子、褥子、夹衣之意，这里理解成芍药花铺就的褥子更贴切。她深埋花海，香扇半裸，很是热闹。有别于黛玉绿生凉的幽与静。用鲛帕包了花瓣做枕，颇浪漫，醉了，自己做了什么并不知晓。

　　老师设计时，避其香梦沉酣，从清代到民国再至当下，此景泛滥，除样貌稍作变化外，并无深层的东西可挖掘。掬前人之流，终无意趣，便把场景提前一步，补书中未到之节，醉时用鲛帕包芍药瓣之景。鲛帕，精美的巾帕。古人有"鲛人泣珠"之典，海里人鱼滴泪成珠的故事。鲛人，人身鱼尾，生活在海里。对水质的清洁度，相当挑剔，善纺织。鲛帕，人鱼纺的丝织物，遇水不湿，此处有光滑润亮之意。红楼里的女孩儿，也是鱼，眼泪化珠，除大观园，并无洁净之水可栖息。曹雪芹一步一典，每一处都煞费苦心。也可知，为何宝玉说女儿是珍珠，出了阁便成鱼眼睛了，应源于此。

湘云醉眼朦胧，两腮酡红，坐于山石上包芍药。芍药漫天而落，有整朵整朵的，也有一瓣一瓣的，颇为壮观。老师古静，设计如此隆重之景，少之又少。

书页上附的墨体黑字，源于我小书里的对句：芦雪广勇夺魁首，芍药裀慵启秋波。黛玉是：袭东风稀世俊美，韵天成才情旷古。颦儿的气韵风度是书籍濡染出来的，有远水无波之美。

妙玉的背景除古书页，还附有梅。她一生与梅纠葛，处寒冷鲜艳中。她的梅非俗梅，乃槛外梅——仙界之梅。"不求大士瓶中露，为乞嫦娥槛外梅。"是宝玉的吟句。槛内槛外，门槛的里外，此乃实译。在书里，这个槛是俗世，栊翠庵才是槛外，属仙界，为虚，是宝玉的视角，故叫槛外梅。进了栊翠庵，便进入另重世界。别人乞不到的梅，唯宝玉能，他通神，有神性。

曹雪芹设计了大观园这个女儿国，精神流放地。在这块宝地里，又开辟出另块儿园地，园中园——妙玉的居所栊翠庵。妙玉有洁癖，爱干净，可谓至极。这个干净，指精神维度，不可泛泛而谈。看似怪癖，却另有深意，作者故意为之。她一生都在躲避，躲避权贵；宝玉也在躲避，躲避那个成年男人游戏的社会，不肯交接束带顶冠雨村之流，谈仕途经济，始终处于逃离中。

干净，始终是红楼的主题。宝玉小时，便说"女儿是水作的骨肉，男人是泥作的骨肉。我见了女儿，便清爽；见了男子，便觉浊臭逼人。"作者第二回借冷子兴之口抒发胸臆，乃其一生基调。宝玉抓周时，贾政要试他将来志向，摆了诸多东西，他伸手只抓些脂粉钗环。贾政便大怒，"将来酒色之徒耳！"他父亲忽略一件事情，除了酒色之徒，为官做宰，还有另种人生。非仁人君子，也非大凶大恶，而是"置之于万万人中，其聪俊灵秀之气，则在万万人之上。"的超脱之人。

这些都是误会，所以贾雨村说，"若非多读书识事，加以致知格物之功，悟道参玄之力，不能知也。"告诉世人，若不多读书，多见识事物，不致知格物，悟道参玄便不会明白宝玉的行径。致知格物，悟道参玄均有"透"的意思。贾政便是那个不明白的人。大观园里面，以至那个社会，很少有通晓宝玉者，所以他的精神世界是孤僻的。有懂的吗？有，二玉便是。黛玉、妙玉，一体两身，处同一精神坐标，只不过一个出世，一个入世罢了。

宝玉绝非有些人说的不求上进、辜负家人厚望、叛逆等，那很狭隘。他自小就喜欢女儿，自一岁起，七岁不变。人说三岁看小，七岁看老。读者看完全部八十回，他一直没变。他喜欢女子绝非因其好色，而是干净。婆子们问的问题都不是问题，结过婚的女子为何是鱼眼睛？宝玉说得很明白，因染了男人的气色。非常简单，被男权社会污染了，便恶了起来。

贾母去妙玉那也说："我们才都吃了酒肉，你这里头有菩萨，冲了罪过。我们这里坐坐，把你的好茶拿来，吃一杯就去了。"可见贾母一行皆仙界过客，也见妙玉素食人生，干干净净。宝玉也说让小幺担几桶水，来冲地。妙玉便说："这更好了，只是你嘱咐他们，抬了水只搁在山门外头墙根下，别进门来。"

这个槛内、槛外被她划分得很清楚。栊翠庵是真的庵，我们看遍红楼，大大小小十多个庙庵，无非现实延伸，馒头庵也好，铁槛寺也罢，无不藏污纳垢。奸淫的、诓骗的、阿谀的、交易的、无视人命的，无所不至。所以不喜妙玉的要细思，因洁而怪，并非底色浑浊，孰重孰轻，自去掂量。

栊翠庵是封闭的，不接触外界，没香客。虽也是家庙，一般人进不来，属禁地，如净闺，乃修身之所。与其他庙庵有本质区别。

画稿依旧绘妙玉穿稻田服奉茶景，身后瘦梅横盘，又有一铁锈香炉代指庙庵。对句为：居槛外曲高寡合，落泥潭命运蹉跎。她三岁即入佛门，无市气，没知音，连颦儿宝钗对其均隔碍。宝玉有灵性，尚可去庵中走上一走。宝玉、妙玉也非爱情，精神知己而已。人，有的时候需忘记性别。续书不可信，有亵渎之嫌，不在本文讨论之内，宝玉旨在营造一个干净的世界。至于后文，贾府抄没，大观园解体，栊翠庵不复存在，妙玉混入俗世，得另说。

此四幅图的设计也就尘埃落定了。

四

先临了宝钗，接踵又上黛玉、湘云、妙玉三人，是自己临的比较满意的一套。设色单一，只用砗磲点染。在它的浓淡中，找寻极致，淡与雅，纯与素。底图无论皴了多少道，上了多深的色，均透、薄、润，不凝滞，不呆板。

从设计来讲，尤喜宝钗，故直接上手绘宝钗，两种植物嫁接在窗格上，而非进门的插天玲珑巨石上，是老师的奇想。否则便压抑，也是宝钗裹得太严的象征。宝钗的对句为：停机德枉自人赞，挂金锁也是枉然。于宝钗并没成见，对句看似刻薄，却是实情。"蘅芜苑"——恨无缘，这个无缘，并非婚姻无缘，而是与宝玉精神轨道的背驰。

其次为湘云，湘云的场景为书中省俭处。这里说下间色法。间色法，绘画上的补充手法，非主流，属过渡色，即与主色相近的杂色。旨在衬托主色，仍为主色服务。比如，选的色是硃磦，底色由硃磦和淡墨调配，这是基色，调子已定。若觉单调，可加鹅黄小面积点染，但不会改其主旋律，意在丰富视觉效应。三种色混合为间，故硃磦加淡墨再加一点点鹅黄。"因麒麟伏白首双星"回，脂砚斋批也道："'金玉姻缘'已定，又写一金麒麟，间色法也。"何颦儿为其所感？说得很明白，金玉良缘已定，湘云的金麒麟只是陪衬。因而，对薛家金伪金、金麒麟真金的说法不苟同。金皆真金，可惜"玉"是假的，是石头，均不能同调。但不排除三人同框，或许晚年湘云与宝玉结缡也未必可知。

拿底稿时，是在新图书馆的一次书展上，第一眼便觉湘云胖了。湘云瘦高，第四十九回说她"蜂腰猿背，鹤势螂形"有轻捷便俏之姿。草稿上的人物过于丰腴。我开玩笑地说："老师设计的是唐女。"老师就着路旁石桌，几笔瘦了一圈。老师平日蕴藉，悠哉和雅，闲远的多半是人生态度。一旦提笔，判若两人。不仅笔格遒健，脸部亦刚盘刀刻，异常肃穆。专注之态，如风扫落叶，寂静无声。无论身后站多少人，均不知。所绘女子皆清洁似雪，俨若新生。

回去后，我起稿时，又为湘云瘦身一圈。四幅图完工后，拿去给老师过目，老师像医生样，动了动手术，最后用淡墨整体空过，暗而远，把她们推入另个时代。

十二钗采用同一色调，真正绘时，已是很久之后的事儿了。由冬入夏，堪堪半载光阴，悠然而过。先是我勾线、烘染、打底、铺墨，去武汉开会后，老师又带着干粮在画室定色、敷色两日。我回来后，全部带至家中慢慢启线，最后交至老师定稿调试收手，十二钗的烟姿雨态也就全部出来了。真真儿好累好累。一日傍晚，散步时，老师打来电话，说黛、钗、湘、妙四幅，还要再书上几句话，方完整。且要符合画意，还说他在那边儿等着呢。我一边走路，一边胡诌了几句，发过去。

黛玉的，难差强人意，语句里既要有竹子，又要有黛玉读书，遂编道：碧心点点皆是泪，书卷浅浅亦为斑。意在竹子的心是泪做的，书页也洒满泪痕，切黛玉爱哭，也切斑竹。一个互动，没写竹，也算有了竹。这个自己并不喜欢，然而匆忙间，难以找出好的来。

宝钗的，较满意。既要有杜若、蘅芜两种植物，又要有宝钗做针黹的场景。遂吟成：蘅芜一窗结冷翠，丝缕万千入眠难。蘅芜双指，既代庭院，也代宝钗，均冷翠。丝缕，丝线之意，指宝钗深夜针黹，亦指绵绵情丝。入眠难，有其婚前的寂寞，也有婚后的孤苦。

湘云的，既要有芍药，又要有醉态包花之景。对句为：醉态可掬包红泪，终是芬芳散尽时。红泪，指芍药，也是红楼诸女孩。芬芳散尽，双关语，芍药花落尽，亦诸艳凋零。

妙玉的，既要有奉茶，又要有梅花。尽管贾母她们去时，正是菊黄蟹肥之时，但画里含梅，场景移步，艺术的需求。对句遂为：一盏梅香斟春色，几多残雪入槛来。妙玉给黛玉宝钗沏茶的水，是五年前收的蟠香寺梅花上的雪。梅在水里，故曰一盏梅香。春色，冬的后面便是春，也喻妙龄少女；梅，春之使者。残雪，既是季节，也是沏茶之水。槛内，对宝玉的槛外，仙界之槛，栊翠庵的槛，只看在谁的眼里。

一边想，一边就发给老师了。回家细思，有点儿后悔，感觉可以再推敲下。第二天给老师留言，老师说来不及了，已然落笔。也只能如此，很久不打油了，红尘一乐，不追求平仄的笔墨游戏。

此四幅图的设计，宝钗的有点儿小遗憾，她已过了十五岁，将笄之年，可以绾个髻，插上簪子，发型变化下。但总体是好的，均是"一泓秋水映人寒"的年龄，要多美有多美，且美的不只外表，更是内质。

管窥：有关我的《菡萏说红楼》

小书出了，没任何喜悦，就像这个春天来了又去了，是个过程。前几天翻书橱，看到一本旧书扉页上有句话："名誉如江河，漂起来的往往是轻浮之物。"不禁笑了，那时十七岁，用钢笔写下，培根说的。

我在一个来不及思考的年龄，复制了别人的思想，许多年后，不再喜欢名人名言，不再引用别人的话，包括唐诗、宋词。于那样的点缀，我更喜爱躲在自己的暗影里，开始钟爱自己的思想、自己的语言、自己平凡踏实的日子，更相信自己的眼睛。也常常于黑夜划燃一根火柴，除自身取暖外，尚可辨识周围之物。哪怕它是昏暗模糊的，所以我的意识常常是些浅薄的纹路和不成熟的轮廓。但因为是我的，而觉其珍贵。

我是个矛盾之人，常常纠结自身不足，抑或说不自信。小时候，觉得自己的父母不够伟大，长大后，发现他们是那么干净，闪烁着人性中最朴素温暖动人的光芒，是对"人"最好的解读；也纠结过自己不够高尚，后来为曾有过的狭隘而惭愧。再后来我发现，自己是那么纯洁，从来没有弱肉强食之念和虚荣攀比之心。同时也曾纠结过自己没有高深的学历，后来发现，我受过完整良好的教育，没有一点儿小家子气，生活一直涵养着我的品德。于自己的深水，总能自由地呼吸、平静地生活，保持着内心的优渥和富足。

那些外面的格子，格子里的门窗、灯光，也会波及我的水面。我因这些艺术的折射而美好，也迷恋过这些穿过时间、空间的影像！但不妨碍于广袤中聚集自己的金色颗粒，在振翅中，总能抖落生命的杂质。那些不值得记忆的、关注的、计较的，都可以忽略。尽量活得云淡风轻，像我的文字样，云絮般飘过。

这本小书，也是纠结的，它本来可以完美些，至少少一些瑕疵，但没给我这样的机会。时间太快，来不及梳理，来不及校对，来不及说更深刻的心里话，就送了出去。让一些不足和硬伤暴露在读者和内行人士面前。黛玉，一个我最钟爱的角色，一个精神女神，我写得那么仓促，用了那么多形容词。我希望把所有的爱都给她，却很糟，远不及后面的平儿、元春、迎春、男风、豪奴利落踏实。这样的遗憾，让我不堪卒读，羞于示人。

小书里一再提及后四十回为高鹗所续，实乃孤陋，被少小所误，并不曾看过程伟元的序。他和高鹗只不过进行了截长补短、编辑厘剔的工作，后四十回乃百衲本。而第五十回的"芦雪庵"应为"芦雪广"，汉字没简化前，本就有"广"这个字，读"演"，依山而建之意，非庙庵。属传抄之误，周汝昌先生考证过。尽管现在网上书上也依旧叫芦雪庵，但我希望自己是严谨的。别的低级错误也许还会有，希望读到的朋友，能包容。若现在写，不光思想成熟些，语句也会更精准得当，这是自然。

为什么要写这样一本书？其实很偶然，有那么一天，于电视机旁，发现一些专家口中的红楼，竟与自己看到的如此不同，遂坐回电脑前开始"噼里啪啦"地打字。不为什么，只为表达，说出己见。没想到很多人喜爱了、转载了、评论了、分享了，也有许多人为此重新拿起并翻开了红楼。这个世界很宽泛，想写就写，想发就发，想出就出，没有人给你设立门槛。精品、绝品、头条、纸媒一路走过，直至装订成册，就这么简单，总有人为你默默去做。

《宝黛情爱之路》一文，光 QQ 空间阅读量便上万，《说黛玉》被转 7000 余次，分享数千次，赞了数千次。搜狐凤凰更是十万+。人们把对红楼的爱，转嫁给了我的文字。一位淘弄古籍的老先生说："读你的随笔，是我文化生活里的一部分，尽管我不读《红楼梦》，但喜欢你的说辞。等你出散文时，我要买四本，送给我的朋友。"听后很感动。这样的朋友遇到过很多，可我无书可售，一本不卖，我将为这位素未谋面的老先生，奉上薄意，以示敬重。

算了下时间，这本书从签约至出厂正好一年半。微信里说的两年不妥。一年半的时间不算短，长到我几乎快遗忘了，期间没任何编辑找我商榷过文本，书名、标题也一字未改，皆是我的杜撰，于这样的信任，深表谢意。当然里面也遗有校对之误，于这样的遗憾，也只能遗憾着。常规出书不易，需层层过关，如自费，就简单些，几个月便完事儿。但我一再坚持常规，若自费 2014 年便可同时推出《菡萏说红楼》和《散文随笔集》两部书，根本不用延误至今，趁着空间人气还可大卖，小赚一笔。

自己是个扭捏之人，心中有诸多羁绊。恕直言，不喜欢广告和任何与商业挂靠的东西。我做过生意，用做生意的钱养大了孩子，也让自己的生活安逸闲适。即便现今不做生意，也有许多人怀念我的坦荡、磊落、真诚和干净。文字是我的另副面具，巫术之国，一花一叶都有自己的图腾。趟过这条精神之河，并呈出它的艺术之美，是我的追求。希望它是清透的，有着最原始的甘洌，能给予它的只有平静和爱。亦不能浪费掉许多时间，我要把自己归还于书桌，所以把它交了出去，任商海沉浮，不关己事。我尊重朋友们的任何选择，但于自己，只能如此，以后散文亦是。

我曾有过很多读者，他们纯粹、热忱，无功利心，都是珍贵的朋友。对我给予过鼓励、帮助、温暖，且比我优秀。也正是他们的优秀一直引领着我，这是我一直要说的。他们来自各行各业，不会在乎我的怠慢，包容着我的自私。我曾说过朋友无用论，所以他们永远不会成为我促销的对象。他们也不是"粉丝"，我不会给他们任何广告，除了文字，一无所有。如自费，一大堆书堆在家里，我怕诱惑，怕心里长了草，有了魔，忍不住去利用这种人脉。

2014年的时候，有人找我，只要在QQ空间的说说里每天滚动广告，一天便可拿到200多元的酬金。这是个不小的诱惑，我拒绝了。因为做不来，我珍爱我的朋友，也珍爱自己的平静，不想让一些东西充斥着自己的生活。后来空间寥落了，像一棵大树每天都在掉叶子，但越发珍贵。因为有些人一直在陪着我走，默默坚持阅读我的文字。他们是可以触摸的，有着活生生的思想，而不是空洞的头像和符号。后来关闭微台打赏，也是基于此，无以回报，成了负担。若论感谢，我想对这些普通的阅读者们深深鞠躬。

一个朋友曾说："排除诱惑，是个没完没了，痛苦的内心过程！研究散文，把情感和理智平衡起来，让所有的美聚汇在人生感悟、人性透析的价值上。" 实际这也是我经常考虑和拷问自己的一个问题，也在不断地纠偏中。世事浇漓，诱惑无处不在，人、物、名、利太多太多。我希望在有限的时间的线性生命里，不要背离太远。宝贵的东西，能赓续下来，日臻完善的是自己的文字和品质，而不是其他。

这本小书的序是黄大荣老师和元辰老师写的。当时交稿，只有一个月的时间，其中还夹杂着一本散文集。一个月要归纳整理，编纂、誊清两部书，非易事，为此累瘫在床上，无暇写序。是黄大荣老师救的场，说时间太紧，恐难展开，建议双序并存，所以又请了元辰老师。具体细节后记里有，就不备述。非常感谢他们无私地付出。他们皆肝胆之人，人品更胜文品，有自己宏富的思想和精神境界，并深谙红楼，与我亦师亦友，多有鼓励爱护，这是我要深深致谢的。

一本小书承载不了什么，只是日常脚步的收录，不见得是对的，却是真实的。这本小书不会有太大的学术性，无非以《红楼梦》为蓝本的再一次描摹，围绕十二钗和贾宝玉展开，旁及主子、奴才、外系及宫廷、官宦等各色人物。即便讲的是一人，实则为一群。涉及妻妾、父子、母女、情爱种种关系，主要从人情世故、人性断崖、血脉姻亲处着手。归纳厘清，呈出主子、奴才两张巨网，且上下密连，纵横交错。化繁就简，化难为易，更近文本，不枝蔓，不扭捏，不胡猜乱疑，既不鹦鹉学舌，也不虚谬揣度，更不媚俗自诩。只是以个人角度，内心真实体察，对人性复杂和细节幽微的勘探。

也曾看过一些有关红楼的考据和理论性书籍，甚至一页页查过清宫的电子档案，在没有新的发现面世，又不能站在更高的角度哲理化时，只能回归文本。从人情世故、关系远近入手，这是最可靠的，哪个时代都通行。有人的位置便有关系，而人是哪里来的？是从娘肚子里爬出来的，娘家有娘家的血缘，婆家有婆家的根脉，主子有主子的联盟，奴才有奴才的缔结。关系有远近，利益有大小。

曹雪芹写了几百人，隐了几百人，千把人的庞大机器，浓缩运作在一个狭小空间里，很多股势利纠结在一处。她的陪房站不到你的队伍中，你的乳母也不会偏袒他的奶哥。各有所属，又相互制衡。你有你的关系网，他也有他的脉络图。不似现在的小家，就几个人，还矛盾重重，那是乌压压的一大堆人在一起摩擦。所以，不能把某个人物单独剥离开来，说其如何，要知道牵一发而动全身。关系都没厘清，拿什么谈红楼！当然这需在一个水平基础上，即常规范围内。当事物没发生变化，格局没被打破前，这是存在的普遍现象和不自觉意识。一旦事物发展至一个顶点，血缘崩溃，善恶突显，那得另说。比如后来贾府落败，巧姐被亲舅舅所卖，王熙凤再也不炫耀娘家、有秘事让娘家办了。这既是一个教训，也是作者说的"势败休云贵，家亡莫论亲。"品质和性情将占主导地位，这是后话。

但在前八十回前风平浪静时，血缘关系的缔结还是相当牢固的，每个人身后皆有背景，个人行径均受诸多制约。一个仅凭性格做事的人，是要灭亡的。像晴雯、司棋，没人能包容她们。媚人咋没了？尽管出场的只是一个名字，两个字，顺带的一笔。在第五回太虚幻境节，还是宝玉的四大丫鬟之一。茜雪咋走了？她们都是晴雯的前身，只是作者省俭笔墨，在晴雯身上加以渲染，以补前文。实是被袭人扫除了，剩下的麝月、秋纹都是她拿下马的。这不仅李嬷嬷说过，宝玉也说过。非胡猜乱疑，《红楼梦》暗藏杀机，每一笔，均不会多余。

在红楼里袭人是个了不起的人物，切不可小觑。她不是家生子，无后台，故没有司棋的狂妄。她靠本事、敬业、心机上位，而晴雯比她差远了。这就是事实，作者写得纠结隐晦。这便是人，既有可取之处，也有诸多幽微灰暗点，绝非简单的公式能解答得了的。身处这样的感情漩涡，宝玉都不可能一加一等于二。

我非名人，但《红楼梦》绝非为专家设计和为理论延伸的。所有的解读，都是他的壳，进入不了它的主旨。里面的人物是复杂的，是我们身边流动的思想，于每个人心里呈出不同的色泽。

它是一本小说，有真实的生命原型，也有艺术加工，是人性的觉察弹射。因其刻画入木，人更像人，才让读者如此眷恋着迷！它是没有篱笆的，哪一个切口都可以进入，解读的看似里面人物，实则为自己的眼光和审美，并非真的《红楼梦》。它的每个人物，每处场景，都是作者精心提炼设计出来的，不会平白无故言及或疏漏。像媚人，作者为何点上那么一笔？省掉即可。作者其实就是要告诉你，她曾经是一个很重要的角色，排名仅次于袭人，袭人和宝玉初试云雨情后，她便消失了。至于原因，你可以去想，但你不能说是偶然，并非作者的心血来潮。

《红楼梦》，人性的深渊，黑白杂染，是群真实而虚幻的生命。每个人解读它，都是自己的刨花子，不是其主干和艺术精髓，仅碎片而已。

要感谢的朋友很多，后记里都有，就不赘述。这本书几乎没操心，封面和出版社是上市后才知道的。感谢北京未来趋势文化和北岳文艺出版社，联合打造了这本小册子，也知道从校对设计至排版印刷，再到后期市场运作，是个繁杂的过程，耗时、耗力。我希望它卖的好，不辜负工作人员的忙碌和对我的信任。

后记

这是一本很薄的册子，字并不多，还是整理下。就像把自己的孩子喊在一起，也算有个家。亦像安顿故去的日子，那些时间，让我看到了自己的衰老，也看到了一些思想的成长。这样的质变到量变，不知是欢喜还是悲哀。有朋友问，若用年轻美貌换取你的书写，你愿意选取哪个？毫无疑问，当然是后者。精神大于形式，快乐绝不能空壳，这是必须的。

于己之书，总是诸般纠结，这也不好，那也不好，羞于见人，但还是要见人。过去出的书，散落在许多位置。有朋友在深圳图书馆拍到过，有朋友在新疆某小镇的书屋里遇见过。从南至北，它们比我走得远，也比我幸福，可以和许多书在一起。我唯一能祈祷的，便是对得起阅读到它的人。人的内在总是好过肉身的，至少于我是这样，并且还会持续，这是值得欣慰的。

小时候，最早看的书是《桐柏英雄》，很厚的一本，是小说。搬个小板凳坐在爷爷家地中间，津津有味地看。八九岁的样子，上小学二三年级。姑姑们读中学时留下的课本也会翻出来，里面的内容大多简单。无非乘风破浪，向某某学习，一页纸就那么几个字。所以，特别理解现今一些很炫的大妈，她们搁浅在一个时代，也代表着一个时代。教育的沙化，她们之前的人没遇到，之后的也没有，我们所接触的知识和审美都比她们幸运。

读书是件有意思的事情，极为安静的信息获得，也是不自觉的快乐，属独处妙方。你的孤独，是让你感受不到孤独。真正地、有效地持续地阅读，会让一个人不曾停止脚步，进入一个未知世界，掘地往往是自身的金矿。

小时候，凡有字的我都喜欢，包括爷爷订的《参考消息》。

接触《红楼梦》是在十二岁时，家里的书，暑期找出来读。那个夏季多雨，天阴沉沉的，我躲在里屋的小床上看书。世界是满的，窗外细雨滴答，室内清幽静谧。沼泽的雨天，出去玩儿不成，闷在家里，只能做这些。那时没电视，弟弟们抱着收音机能听的只有《岳飞传》。看红楼，也只挑喜欢的看，关心的无非诗词爱情，替宝、黛二人干着急，明明喜欢，却每每摩擦。十二岁懂不懂爱情？这问题不好回答，没什么懂与不懂，只是懂得多与少的问题。那时候的书，页面底下有注释，带有很强的阶级性，贬宝钗，说她心计做作，伪道士云云。我也跟着烦，嫌她碍事，并且烦了很多年。

先入为主是件可怕的事情，诱导能起很大的作用，尤其在一个人的成长空白期，不具备成熟判断分析能力时。然而直觉也未尝不对，若干年后，曾试图平衡自己，重新审视这个人物，终失败。只能说理解她，不是不喜欢，而是不喜欢她的活法。生命本身均值得敬爱，书里的每个人皆像亲人，烟火众生里的一个，恶着他们的恶，善着他们的善。所以在执笔画十二钗时，并无孰优孰劣，对惜春和巧姐稍偏爱，也是因其年小，画稿设计得活泼些。

十九岁时，尚停留在对诗词的热爱和十二钗的纠葛上，喜欢这个，不喜欢那个，谁最漂亮，谁最有才之类。现在想来，皆肤浅。二十多岁后，开始留意里面的用具陈设及服饰，以及玻璃镜子、香肥皂等。比如，李纨的窗户是玻璃的，黛玉的却是纱糊的，对当时的文化和发展颇感兴趣，对红楼的结局也渐生好奇。

那时上班，工作清闲，常跑到楼下图书室找书看。和管理员熟，不用借书证，看了许多续书。续得五花八门，也与人争论，皆少年意气。

真正对里面的人性有了切肤之痛和体验，是在自己有了生活经历之后。觉得曹雪芹实在了不起，深谙人心。于人性幽微处，总能洞若火烛，写得丝丝入扣，却又入水无踪。同时，开始关注成书背景、曹家家事、版本渊源、内里隐喻等。阅读也从程高本转入脂批本。四十岁之后，开始关心它的构思、写作技法、宝玉的精神走向，以及他的困顿和思考等。以前不愿意看的回目反倒成了喜爱的章节；起先感兴趣的主要是情感，后期关心的则是思想和艺术手法，这是个过程。

有人说大凡伟大的作品，都是永恒的。经过无数个世纪的轮回，依旧能被后人解释并能发现新的东西，具备先知和神性的。深以为是，红楼梦便是一本这样的书。大浪淘沙，它所引发的热度和兴趣，别的书无法比拟。你无法贬低它，或掐断它。你可以质疑那些研究红楼的人，说他们靠它吃饭，但你折损不了书籍本身的魅力。也非因其断臂，闪光于后世，而是写作技巧、艺术手法的纯熟和多元。

它是隐蔽的，自己的生之歌，却成为他人的深远辽阔。在中国文学史上绝对是孤立的，这座孤峰别的书很难翻过。确切点儿说，翻不过去的是曹雪芹，你没他那样的视野，那样庞大的家族，起伏的人生，浩瀚的思想；也不具备他超常的智力，甚至善良，这是最主要的一点。

"善良"是个简单的词汇，不分门第学识，谁都有，但也有局限性，所以并非真正的简单。曹雪芹的善良很大，是跨时代的，想拯救的是人的另一半——女人。并且他是有抱负的，日夜悲号，恨不能补天。他的抱负非贾雨村"禄蠹"样的抱负，是真正的悲天悯人，可惜没有他施展的空间。撕书，不爱学习，只是表象，是愤恨。它不赞同的是当时的社会，然而一己乾坤扭转不了整个世态，这便是事实。故《红楼梦》这本书虽大旨抒情，但也涉及政治。里面的少男少女皆早熟，也是作者故意设计的一笔。他把他的想法赋予他们，让他们替自己发声。

非常赞同德国汉学家顾彬的观点，它说中国的男人是不懂女人的。外域的目光客观冷静，也犀利。的确，中国的男性作家尤为明显，优秀的作家也在所难免。对女人有着来自骨子的轻视，是几千年积下的毒瘤。即便处于现今飞速期，女人有时依旧是性的代名词，酒桌子上的谈资，甚至猎取对象。而女人也往往太把自己当女人，作为人之独立尊严，将大打折扣。所以，尊严是一个至高无上的概念。一个作家不能像薛蟠那样见到女人就想起臀部，而应该关注她的精神走向，甚至忘记她的性别。曹雪芹的思想无疑是珍贵的。他来自天界，是割断的，并没承袭历史遗习。给予女性的尊重，是超现实的，属那个时代的另类。

有作家做客访谈栏目，谈及红楼，说红楼并没优秀到字字珠玑的地步，说曹雪芹好卖弄文采，动不动就开个诗社，你一首、他一首、我一首的，没几首能读的，占了太多篇幅。

要知道，我们所看的红楼梦，并非真正的红楼，无非自己脱落的那点儿视网膜。红楼里的诗词不是寻常某人的自画像，作者化身不同人物执笔，需符合不同人的性格口气、不同人的才思情调、不同人的思想判断，自然有高有低。一个人演绎诸多角色，非易事，当属老戏骨，这种能力、洞察力并非人人能有。就像写篇好的小说，等同活遍各色人生样，红楼便是。至于红楼梦的语言，不要苛刻，有问题吗？有，任何书籍的说辞都有瑕疵，红楼也有啰嗦处，但并不妨碍它输送自己的粮食。凭心而论，红楼的语言极好，自然典雅，非常精妙，林语堂赞了又赞。脂砚斋批的言辞亦好。

名人，这个词，有时是个贬义词，很狭隘，当名承载不了一个人的才华和见识时，是件很难堪很悲哀的事儿。所谓的名，也只是在某个区域，每个时间段引发的东西，在历史的长河，或更广阔的位置，不值一提。人的脚步皆孤单，和外物的关系，多在不经意处。时间无言，最是公允，淘洗的往往是金子，而非人情。

出书是件渺小之事，再炒作，若干年后回头望去，无非自身的一点儿小热闹而已，与别人并不相干。自己的宝藏往往是历史的垃圾，时间最为无情，能超越的少之又少。

自己平日写写散文，偶尔涉足红楼梦心得，也会发发，这样的惯性尚维持，依旧不能免俗。虚荣的河流太多人在漂浮，发表、获奖均短暂，起了毛的光环终将霉掉。人们能汲取营养的，依旧是那些古老的金砖。所有的鼓吹均是昙花一现不值一提的云丝浪影。路与脚步的关系，依旧是一对一地缓慢地蠕动。

一个尚未觉醒的人，能做的只是认真点儿，再认真点儿。

曾谈起过红楼梦里的爱情，分两部分——天界的爱情和俗世里的爱情。换句话说是神话国度的爱情，木石前盟和烟火凡尘的金玉良缘。它们是相对的，是作者故意设计的一笔。没什么适合不适合，也无须作什么比较。木石前盟，内心的精神奔跑，理想中的爱情；金玉良缘，世俗设计的固化婚姻。精神与物质，是任何文学、任何人都逃不脱的两大部分。哪个更好、哪个更劣，一目了然。金玉良缘人间绝配，囿于俗界目光，和当事人的内心没多大关系。随着个性解放，物质的丰沛，人越来越关注内心深层的渴求，而非假、大、空，世俗的外衣。

尽管金玉良缘又分两支——宝钗的金锁和湘云的金麒麟。即便像周老先生说的那样，薛家金是伪金；间色法，伏白首双星的金麒麟，才是真金。也总归是尘世里的那点事儿，在价值取向上，湘云和宝钗多少属于同类项，解决不了作者精神上的孤苦。要不脂砚斋也不会说盖全部之书，唯二玉二人也。

微信朋友圈里有人说："栊翠庵坐落在大观园，红尘中的一处房舍，哪来的什么槛外人。"这很好理解。妙玉所说的槛外是精神上的，非居住实体。她的精神早已游离，不在红尘中算，我在小文《夜读——又及妙玉》有所提及。

肉体与精神割裂，本也常事，并不稀奇。精神是自由的，但不是所有的精神均能付诸行动。精神更多时是隐秘的，行走在自己的夜空里。书籍，也不过是精神的纸上行走，饱满自己而已。红楼梦，似多年的朋友，熟了便生出诸般想法。

《红楼漫谈》，也只是红楼落在心头的一点儿薄影，很轻很轻，或者说是自己思想漂泊的影子。影子是模糊的，并非实体，也是一假。所以，它不负责承载任何重量，也承载不了。我于2017年4月曾出版《蒟蒻说红楼》，于书名，我极为后悔。匆忙间，随便一起，未及细思。一是叫得多而烂，二是也说不了红楼。一本书，一些人物，用自己的思想爱着，不过如此。

赤脚的状态最好，不惊扰大地上的任何植被，山风都是安宁的。

检索了下，书里所表达的思想有重复处，可能太想申明一个观点或思维过程。书写，便是思考与整理，化无形为有形，乃奇妙之事。

自己的话多半对自己讲，也是复活记忆的一种方式。不太喜欢用研究二字。人太渺小了，无非自我之见。一个人的自负，多半来自无知，所有的满足，是没看到更远的风景，或没站于更高的台阶。但也无须把红楼梦弄得神乎其神，它是生活，任何人都可以开启。女性天生对七大姑八大姨错综复杂的关系敏感，像书里的红玉，不用识字，就可以把一堆的舅奶奶弄清楚。

自然而然，是我要说的。红楼梦分内外两部分，内部为文本，并不难弄明白；外部又包括版本学和关于曹雪芹的一些逸事。文学非孤立，也非沙漠建屋，一个不懂人心的人，很难有好作品。

文中插图源自老师绘的《十二钗》。由我提供知识点，老师构图设计。我勾线铺墨皴染，老师定色调试收尾。里面的对句由我撰写，旨在表达，不管平仄，一乐而已。此组画专为此书设计，带着它的清洁，朝着我一直努力的方向全新面世。

谢谢购买阅读有缘此书的朋友，希望没成为您的负累或极大失望。菡萏深切祝福！

菡萏